No Drama Mama

10-Minuten-Geschichten nur für dich

von

Christiane Spooren

NO DRAMA MAMA

10-Minuten-Geschichten
nur für dich

von

Christiane Spooren

Impressum

1. Auflage, August 2024

c/o WirFinden.Es
Naß und Hellie GbR
Kirchgasse 19
65817 Eppstein

Umschlaggestaltung: © Cover von Cover Up - Buchcoverdesign / Bianca Wagner (www.cover-up-books.de) unter Verwendung der Bilder von ARTamstera und SupanneeLin / Shutterstock
Titel- und Kapitelschriften: Heylove und Avenir
Illustrationen von Jennifer Braun, @baiorin.arts
Kapiteltrenner und sonstige Grafiken von Adobe Express Pro

Korrektorat und Buchsatz: Agentur Autorenträume

Bibliografische Information der Deutschen Nationalbibliothek:
Die Deutsche Nationalbibliothek verzeichnet diese Publikation in der Deutschen Nationalbibliografie; detaillierte bibliografische Daten sind im Internet über http://dnb.dnb.de abrufbar.

Alle Personen und Begebenheiten im folgenden Text sind frei erfunden. Mögliche Ähnlichkeiten sind rein zufällig entstanden.

Herstellung: Amazon Distribution GmbH

Ein paar einleitende Worte

Manchmal wird mir als Mama einfach alles zu viel: das Kind, der Haushalt, der Mental Load. Egal, wie sehr ich mich bemühe, ich habe das Gefühl, nie alles zu schaffen. Nie alle Bedürfnisse zu erfüllen, meine eigenen schon mal gar nicht.

Und dann sind wir mit dieser Mammutaufgabe auch noch ganz allein. Niemand sieht unseren Daily Struggle, niemand wertschätzt, was wir schaffen.

Oder?

Ich sehe dich.

Ich versteh's!

O mein Gott, ich kann nicht zählen, wie oft am Tag ich dieselben Gedanken und Gefühle habe. Nach der Geburt meines Sohnes vor fünf Jahren dachte ich: Was ist denn hier los? Das kann doch nicht wahr sein!

Ich war immer müde, immer erschöpft, immer im Zwiespalt mit mir selbst. Noch nie zuvor hatte mich eine Aufgabe so sehr zerrissen wie das Mama-Sein. Nicht wegen des Kindes. Nein, nein, nein! Wegen des Drumherums: der Gesellschaft, die glaubt, die Mammutaufgabe Familie inklusive Haushalt und harmonischer Ehe liege nur auf unseren zarten Schultern als Frau und Mutter. Dafür sind wir schließlich da, oder? Und bitte schön lächeln dabei!

Wegen der anderen Mütter, die einfach selber so tun, als ob bei ihnen zu Hause alles picobello in Ordnung sei. Wahrscheinlich aus Angst, als schlechte Mutter oder Versagerin dazustehen (denn so habe ich mich auch gefühlt!).

Und wegen meiner eigenen Schuldgefühle. Was war mit

mir nicht richtig, alle anderen bekamen es doch auch hin, wieso ich nicht?

Nach der Geburt meiner Tochter vor drei Jahren dachte ich: Easy Peasy Lemon Squeezy, ich weiß ja jetzt, wie der Hase läuft.

Hahaha, ich lache noch immer. Mit zwei Kindern ist alles wieder anders. Neue unmenschliche Erwartungen. Neuer Daily Struggle. Wer hat sich eigentlich ausgedacht, dass eine Erwachsene zwei (oder mehrere) Kinder allein erziehen soll? Und bitte schön lächeln dabei.

Das ist absurd!

Wie du siehst, du bist nicht allein!

Ich habe so viel gelernt über mich selbst in den letzten Jahren, über die patriarchalische Gesellschaft und wo das alles herkommt. Ich habe mit so vielen Mamas gesprochen, so viele unglaubliche Storys gehört, so viel geweint und gelacht.

Das alles gebe ich dir mit in diesen Geschichten. Es sind viel weniger meine persönlichen Geschichten als die von uns allen. Ich bin unser gemeinsames Sprachrohr. Weil wir alle in demselben Boot sitzen.

Durch diese Mama-Geschichten möchte ich dir die Chance geben, dich verstanden und gesehen zu fühlen. Vielleicht kann ich dich inspirieren, die Mama-Welt auf eine andere Art und Weise zu betrachten. Vielleicht kann ich dein Ventil sein, wenn der Druck einfach mal raus muss. Vielleicht kann ich dich ab und zu – wenn du es gerade brauchst – daran erinnern, warum Mama-Sein ganz wundervoll ist (trotz Drumherum). Und vielleicht kannst du auch einfach mal drüber lachen – über das Chaos, die Wutausbrüche und unser matschiges Mama-Hirn.

Denn vieles, was du gerade erlebst, ist ganz normal und anderes muss so nicht bleiben. No Drama, Mama!

Lass dieses Büchlein doch deine Ruheinsel sein, deine Gelegenheit, kurz abzuschalten, dich besser zu fühlen, deinen Ballast loszulassen.

Deine 10 Minuten am Tag, nur für dich selbst!

Deine Christiane

Welche Geschichte darf es heute sein?

Wenn dir manchmal verschwimmt, wofür du das alles tust

Wenn du Dampf ablassen musst

Wenn du grad Zeit für dich brauchst

Wenn dir Zweisamkeit mit deinem Schatz fehlt

Wenn du mal wieder lachen willst – denn mit Humor ist vieles leichter

Wenn dir manchmal verschwimmt, wofür du das alles tust

Was ich am Mama-Sein liebe

wenn mein Sohn sich im Bett ganz nah an mich schmiegt

das sanfte »Mama« zwischen all den lauten und fordernden

das breite Strahlen, wenn das Baby die Augen nach dem Schlafen öffnet und als Erstes mich sieht

den Klang von Kinderlachen – so sorglos und unbeschwert

die Welle aus Mutterstolz, wenn sie wieder etwas ganz allein geschafft haben

die Ruhe, die durch die Kinderkörper strömt, wenn ich sie in den Arm nehme

das leise Seufzen aus ihrem Mund, wenn sie erkennen: Jetzt ist alles okay. Mama ist da.

das unglaubliche Gefühl, dass ich für ein anderes Wesen die Welt bedeute

Was ich am Mama-Sein liebe?
Es sind die Kinder.

Ich liebe meine Kinder, mit jeder Faser meines Körpers. Und sie lieben mich. Diese Liebe zeigt sich in unzähligen Momenten, kleinen und großen Gesten, bedingungslos und endlos. Jeden Tag.

Ich kämpfe oft damit, die schöne Zeit mit meinen Kindern zu genießen. Bin gefangen in der Anstrengung und Überforderung. Mein Kopf dreht sich viel zu oft um Zweifel und Selbstvorwürfe. Mache ich das alles richtig? Warum fällt es mir so schwer? Habe ich heute zu viel geschimpft? War ich gedanklich zu abwesend? Fühlen meine Kinder sich genug geliebt? Und dann sind da noch die tausend Dinge, die erledigt werden müssen und niemals alle erledigt sind. Ich schaffe es nie, abends zufrieden ins Bett zu gehen. Mein Kopf ist wie eine schwere dunkle Wolke, die sich nie leer regnet, sondern immer nur noch voller und schwerer wird. Und bei all dem Grau kommt das Bunte oder Goldene der schönen Zeit mit meinen Kindern viel zu selten durch.

Und dann versuche ich, mir immer wieder bewusst zu machen, was ich am Mama-Sein liebe.

Das Kinderlachen entschädigt nicht für alles. Aber es zeigt mir, wofür es sich lohnt.

Bei mir

»Hallo, Baby! Willst du nicht langsam da rauskommen?« Ich liege im Bett und massiere meine hübsche Kugel, die sich deutlich nach rechts wölbt. Ein Bauch-Himalaya. Mein Sohn fährt da gern mit seinen Matchboxautos hinunter. Huuui!

Wir sind zehn Tage über dem ET, und von Himbeerblättertee über Zimtstangen bis hin zu ausgedehnten Schäferstündchen habe ich alles probiert. Keine Chance, du willst nicht raus! Mein Mann wird schon ungeduldig. Aber zumindest ist der Schäferstündchen-Tank für die nächsten Monate gut gefüllt.

Am nächsten Tag ist Kontrolle. Es ist Sonntag. Der vierte Advent. Wie die letzten drei Tage auch fahren wir mit Sack und Pack ins Krankenhaus. Haben wieder die Oma bestellt, uns wieder überschwänglich von unserem Sohn verabschiedet. Man weiß ja nie. Mein Mann wartet beim nächsten Bäcker, er darf ja wegen der Corona-Maßnahmen nicht mit rein.

Ich liege seitlich auf der Liege mit einem engen Band um meinen Bauch, in dem das CTG steckt. Deine Herztöne sind hoch. »Was hast du denn, kleine Maus?«, flüstere ich und streichle über meinen Bauch. Bei der nächsten Wehe steigen die Herztöne erst an und fallen dann, bis das Gerät piept.

Eine Hebamme kommt herein. »Schon wieder?«

Ich nicke.

»Ich hole mal die Ärztin.«

Mein Handy vibriert:

Wie lange dauert es denn noch, mein Schatz? Die Bäckerei macht bald zu.

Ich tippe:

Die Ärztin kommt gleich. Die Herztöne machen wieder Ärger. Melde mich gleich.

Die Ärztin kommt herein und schaut auf die Ausdrucke. »Hm. Die Herztöne fallen nicht bei jeder Wehe. Aber doch regelmäßig. Und gestern auch schon.« Sie setzt sich mir gegenüber, spricht ruhig und deutlich. »Sie sind jetzt schon weit über ET. Wir können noch warten, wenn Sie gern möchten. Aber dass Ihr Baby so auf die Wehen reagiert, ist nicht ideal. Und Sie wissen ja: Nach einem Kaiserschnitt ist es ratsam, nicht zu lange zu übertragen ...«

»... weil die Narbe sonst aufgehen könnte.«

Sie nickt. »Es ist nur ein geringes Risiko, aber in Kombination mit den Herztönen und Ihrer Vorgeschichte ... Besprechen Sie es mal in Ruhe mit Ihrem Mann.« Sie verlässt das Zimmer.

Ich schicke eine kurze Nachricht an meinen Mann. Aber ich weiß schon, was er sagen wird: *Es ist deine Entscheidung. Aber nicht, dass wir zu lange warten und was passiert. Und dann ist ja auch bald Weihnachten.*

»Geht es dir gut, Mausi?«, frage ich nach unten.

Es fühlt sich alles normal an. Keine Beschwerden. Sanfte Wehen. Ich weiß doch auch nicht, was ich will. Eigentlich hatte ich mir eine ganz natürliche Geburt gewünscht, ohne Einwirkungen von außen. Ganz entspannt und in Ruhe. So mal zur Abwechslung. Aber wenn da jetzt Risiken sind ...

Eine Stunde später bekomme ich die erste Prostaglandin-Gel-Spritze.

»Wie lange dauert es jetzt, bis etwas passiert?«, frage ich.

»Das ist ganz unterschiedlich«, antwortet die Ärztin. »Bei manchen nur wenige Stunden, bei manchen Tage. Wir werden den Geburtsfortschritt natürlich regelmäßig überprüfen und gemeinsam entscheiden, ob und wann wir noch eine Dosis geben. Heute aber nicht mehr, Sie sollen sich ja die Nacht ausruhen können.« Sie zwinkert. »Sie werden Ihre Kräfte noch brauchen.«

»Euer Zimmer ist fertig«, sagt die Hebamme. »Wir warten noch den Schnelltest ab und dann könnt ihr rein. Gibt bald Abendessen.« Sie wirft einen Blick auf unsere Tasche und hebt die Augenbrauen: »Mein Gott, wollt ihr hier Urlaub machen über die Feiertage?«

Mein Mann lacht. »Wenn wir eins gelernt haben vom ersten Mal, dann, dass man nie wissen kann, wie lange man bleibt. Und wenn ich einmal rausgehe, darf ich ja nicht wieder rein.«

Die Nacht war ganz okay. Die Wehen sind etwas stärker geworden, aber ich konnte sie gut veratmen.

Puuuuuh. Tief in den Bauch und langsam wieder aus. Ich stellte mir vor, auf einer Wolke zu liegen, umhüllt von warmem Watte-Flausch und Licht, das gleichmäßig die Farbe wechselt. Rosa. Orange. Gelb. Grün. Blau. Lila. Wenn eine Wehe kam, atmete ich tief, ohne zu verkrampfen. Puuuuh.

Es ging. Aber schlafen konnte ich dabei nicht.

Heute Morgen habe ich die zweite Dosis bekommen und nun nimmt das Ganze langsam Fahrt auf. Ich gehe auf und ab und schnaufe dabei wie eine Lokomotive. Die Kreißsäle kenne ich inzwischen in- und auswendig, habe schon meinen Lieblingsentbindungsplatz auserkoren: die Wanne. Stelle es mir so schön vor, in warmem Wasser zu liegen, wenn du kommst. A propos: Wie wäre es langsam?

Alle paar Minuten bleibe ich stehen, stütze mich gegen eine Wand und atme. Die Wolke verschwimmt langsam vor meinem inneren Auge, aber ich zwinge mich, sie festzuhalten und meinen Körper lockerzulassen. Es wird immer schwerer.

Und währenddessen hängt die ganze Zeit ein CTG-Gerät an meinem Bauch. Sie haben mir inzwischen ein kabelloses gegeben, damit ich laufen kann. Mein Mann sagt scherzend: »Wenn du da bist, tapezieren wir das Kinderzimmer mit den Ausdrucken.«

Die Ärztin kommt regelmäßig herein und schaut auf die Werte.

»Und?«, frage ich.

»Unverändert: Mal gut, mal wieder nicht. Wir müssen es weiter beobachten.«

Sie untersucht mich und seufzt (dürfen Ärzte überhaupt seufzen?): »Ihr Muttermund ist reifer, aber noch immer verschlossen. Durchhalten.«

Das ist leichter gesagt als getan.

Am Abend tapse ich im Bademantel zum Kreißsaal. Meine Haare kleben an der schweißnassen Stirn.

Die neue Hebamme fragt mich, was ich habe.

»Ich kann nicht mehr«, winsele ich. Die Schmerzen haben inzwischen eine Dimension erreicht, die ich eigentlich mit Presswehen assoziiere. Kann mir gar nicht vorstellen, dass es noch schlimmer werden soll.

Sie untersucht mich. »Der Muttermund ist butterweich, aber ich komm leider nur mit einem Finger hinein. Ich gebe Ihnen eine Schmerztablette, damit Sie die Nacht etwas schlafen können.«

»Aber verzögert das das Ganze nicht nur?«, frage ich entkräftet.

»Nur für ein paar Stunden.«

Ein paar Stunden. Ein paar Tage. Wo ist der Unterschied?

In der Nacht mache ich kein Auge zu. Ich liege noch nicht einmal, sondern laufe mit geschlossenen Augen durchs Zimmer und frage mich, ob ich im Laufen und zwischen den Wehen einschlafen könnte. Meine Laufstrecke ist über die Stunden so routiniert geworden, dass ich auch im Schlaf nirgendwo gegen rennen würde. Wären da nicht diese Schmerzen.

Am nächsten Morgen tigere ich wieder meine Kreißsaalpfade entlang. Bald brennt sich meine Spur bis in alle Ewigkeit in den Boden ein. Und die Hebammen werden sagen: »Weißt du noch, die eine Mutter? Die ist hier tagelang immer denselben Weg langgelaufen.« Vielleicht schreiben sie sogar meinen Namen an den Pfad. Oder benennen ihn nach mir. Zum Kreißsaal 3 immer dem Spoorenpfad folgen. Ich lache kurz. Auf was für Gedanken man kommt, wenn man nix anderes zu tun hat als Laufen und Atmen. Laufen und Atmen. Laufen. Atmen.

Die nächste Hebamme ist eine ganz Motivierte. Sie sagt, ich solle bei den Wehen in die Knie gehen oder ein Bein anheben. Kriege ich nicht hin. Sie versucht, mich in die Position zu drücken, ich schubse sie weg.

»Bei der entbinde ich nicht«, sage ich zu meinem Mann.

»Und?«, frage ich erschöpft, als die Ärztin mich erneut untersucht. Ich finde, ich hatte ganz vortreffliche Wehen. Da unten ist doch bestimmt eine Menge passiert.

»Drei, vielleicht vier Zentimeter.«

Ich starre sie an. »Mehr nicht?« Verpuffen die Schmerzen denn im luftleeren Raum? Ich atme so emsig nach unten, immer und immer wieder. Bald rutschen meine Organe eher heraus als du. Dann liegen auf dem Spoorenpfad Blase, Niere & Co. Ich schüttele den Kopf bei der Vorstellung.

Die Ärztin greift nach den CTG-Ausdrucken. »Ich hab noch mehr schlechte Nachrichten: Sie bekommen heute nichts mehr zu essen.«

»Och nö!« Ich weiß längst, was das bedeutet. Ist ja nicht das erste Mal.

»Wir müssen uns darauf vorbereiten. Die Werte sind nun schon zu lange nicht so schön.«

Ich schlucke eine Träne herunter und schimpfe sacht mit dir: »Junge Dame, du müsstest jetzt langsam mal in die Pötte kommen. Wir haben nicht ewig Zeit, hörst du?!«

Ein paar Stunden später hänge ich vornüber in der Schaukel. Keine rosa Wolke am Horizont, sosehr ich es versuche. Kommt eine Wehe, stöhne ich laut. Mir doch egal, ob mich die Leute im anderen Korridor hören. Oder in Timbuktu. Meine Beine zittern. Fürs Laufen bin ich zu schwach. Mein Mann hält mir alle paar Minuten den Wasserbecher an die Lippen und streichelt mir über den Rücken.

Ich schaue ihn an und jaule: »Schatz, was ist das für eine Kacke hier? Ich kann nicht mehr. Wirklich nicht.«

Er nickt und geht aus dem Raum. Er kennt mich. Ich höre, wie er mit der übermotivierten Hebamme spricht.

»Meine Frau braucht etwas zu essen. Sie ist vollkommen entkräftet.«

»Aber die Ärztin hat gesagt, sie darf nicht. Sie soll noch einmal kräftig in die Wehe atmen. Nach unten.«

»Haben Sie gehört, was ich sage? Sie braucht etwas zu essen. Jetzt. Sie hat seit zwei Tagen nicht geschlafen und braucht Energie.«

Die Hebamme seufzt. Als ob ich mich anstellte. Blöde olle ... Nein, ich rege mich nicht auf. Keine Kraft, keine Lust, mäh. Wenig später bekomme ich etwas zu essen und speie es im Anschluss sofort wieder aus. Mein Mann ist duschen. Ich drücke den Notfallknopf und sage der Schwester, ich kippe gleich um. Sie flitzt los und holt eine neue Hebamme. Zum Glück war Schichtwechsel.

Ich werde im Bett an meinem Mann vorbeigeschoben. Der ist ganz blass. »Was ist passiert?«

»Sie ist umgekippt. Hat sie das öfter?«

»Na ja, nach drei Tagen Wehen, zwei schlaflosen Nächten und Nahrungsentzug ist es wohl kein Wunder, oder?«

Ich liebe diesen Mann.

»Schatz, geht es wieder?«, fragt er mich.

Ich halte die Augen geschlossen. Alles bewegt sich viel zu schnell. Die Deckenleuchten rauschen vorbei. Ich zittere. Wo ist nur diese rosa Wolke, wenn man sie braucht?

»Es tut alles so weh«, heule ich.

Er drückt meine Hand fest. »Ich weiß. Ich bin da. Es wird alles gut.«

Und irgendwie gibt mir das Sicherheit für einen Augenblick.

Später tropfen Wasser und Schmerzmittel in meine Venen. Mir ist kalt, ich bin in dicke Decken gewickelt. Mein Kreislauf ist im Keller. Ich kann nicht mehr stehen. Und im Liegen killen mich die Wehen. Ich will, dass es aufhört.

Ich greife nach meinem Mann, erwische sein Shirt und ziehe ihn zu mir. Ich sehe ihn nur noch verschwommen.

»Was ist los, mein Liebling?«

Ich schaue ihn aus trüben Augen an und kapituliere. »Hol die Ärztin.«

Während er unterwegs ist, fließen die Tränen. Ich kann nichts dagegen tun. So sehr hatte ich mir eine harmonische, natürliche Geburt gewünscht. Eine, die mich entschädigt für die erste. Die mich heilt. Aber nun gebe ich auf. Es geht nicht mehr.

Die Hebamme kommt, sieht mich besorgt an. »Du kannst nicht mehr, oder, Liebes? Man sieht es dir an. Dein CTG ist auch wieder Grütze. Ich rufe die Ärztin an, sie ist in Bereitschaft. Du kennst ja die Optionen.«

Ich nicke. Entweder PDA, um mir Zeit und Ruhe zu verschaffen. Oder ...

Und dann geht alles ganz schnell. Nur eine Stunde später veratme ich meine letzte Wehe vor der Narkose, koste sie richtig aus, spüre den Schmerz ganz bewusst, halte meinen Bauch und flüstere: »Jetzt ist es gleich vorbei. Gleich haben wir es geschafft.«

Ein spitzer Schrei schrillt durchs Zimmer. Da bist du. Endlich.

Wieder weine ich unkontrolliert. Tränen der Erleichterung, der Erlösung ... der Freude.

Da bist du ja. Endlich!

Und nun liegst du auf meiner Brust. Mein Weihnachtsengel. Und ich frage mich, warum ich mich so lange gequält habe. Wofür? Das hier ist doch das einzig Wichtige.

Du. Hier. Bei mir.

Ich drücke dich fest an mich und streichele sanft dein Köpfchen. Hundemüde bin ich und kann doch nicht schlafen. Ich will nichts verpassen. Das mag dumm klingen, wenn man bedenkt, dass wir noch so viele gemeinsame Jahre vor uns haben. Aber es ist so: Keine einzige Sekunde mit dir will ich verpassen.

Verrückt. Ich schüttele lächelnd den Kopf. Ich hatte so eine genaue Vorstellung davon, wie ich diesen Moment erleben möchte. Habe geglaubt, dieses Mal würde alles reibungslos ablaufen. Friedlich. Meditativ. Mit sanften Klängen im Hintergrund. Vielleicht sogar ohne Schmerzen. Man darf ja träumen.

Und dann war ich so enttäuscht. Fühlte mich wie eine Versagerin, die zu früh aufgegeben hatte. Betrogen um mein wundervolles Geburtserlebnis.

Dabei ist dieser Moment jetzt wundervoller, als ich ihn mir in meinen Träumen hätte ausmalen können. Harmonisch und voller Liebe.

Eine Geburt ist so unberechenbar, so individuell und einmalig, dass man sie nicht planen kann. Ein Wunder eben.

Ich drücke einen Kuss auf deinen Babyflaum und atme tief deinen gemütlichen Duft ein. Wie du auf die Welt gekommen bist, ist mir plötzlich ganz egal. Hauptsache, du bist hier.

Bei mir.

Liebeserklärung am Valentinstag

Schlaftrunken höre ich meinem Baby zu, wie es trinkt. Und schmatzt, und schluckt, und seufzt.

»Hoffentlich schläft sie schnell wieder ein«, denke ich noch, da schaut sie mich plötzlich mit ihren Kulleraugen an, mitten in der Nacht, und lächelt. Ein zahnloses breites Baby-Lächeln. Es ist so ansteckend, dass ich gar nicht anders kann als mitzulächeln. Babys lächeln so aus vollem winzigen Herzen, dass man mitten im Satz, im Gedanken innehält und vergisst, was man sagen wollte.

Und nach einem kräftigen Bäuerchen entspannt sich meine kleine Maus, schließt die Augen und atmet ganz tief.

Ich könnte sie jetzt ins Babybettchen legen, aber ich will noch nicht. Ihre Hand klammert sich fest um meine. Ich summe leise »You are my sunshine« und warme Tränchen kullern aus meinen Augenwinkeln. Mein kleiner Sonnenschein, mein zweites Herz ...

Die ersten Tagen und Wochen nach der Geburt waren so schwer - ich war müde, alles tat weh, ich wusste nicht, wohin mit mir und diesem Stöpsel im Arm. So richtig genießen konnte ich es noch nicht, zu sehr war ich damit beschäftigt, klarzukommen.

Aber jetzt, jetzt ruckelt sich langsam alles ein. Ich bin nicht mehr nur ein rotäugiger Zombie, der benebelt durchs Haus schlurft, meine Ohren klirren nicht mehr vom pausenlosen Babygeschrei. Es gelingt mir sogar, eine Tasse Kaffee zu trinken, bevor sie kalt ist.

Jetzt genieße ich es tatsächlich, mittags mit meiner Püppi im Arm auf der Couch zu liegen und sie abends in den Schlaf zu begleiten.

Oder sie bleibt auch mal allein unterm Spielbogen liegen, wenn ihr großer Bruder dabei ist. Die beiden zusammen sind einfach nur goldig.

Mein Großer war von Tag eins an total stolz auf seine kleine Schwester. Er findet alles spannend, was sie und wir mit ihr machen. Wenn sie in der Wiege liegt, steht er daneben. Wenn sie in der Wippe ist, schaukelt er sie. Wenn sie auf dem Bett liegt, legt er sich dazu. Und immer dieses süße Großer-Brudi-Grinsen auf den Lippen.

Gut, es ist nicht alles Gold, was glänzt. Neulich hat er bei einem Trotzanfall fürchterlich geweint. Papa konnte ihn nicht beruhigen. Erst als ich zu ihm ging, mich vor ihn kniete und ganz fest in meine Arme schloss, wurde er langsam ruhiger. Wir haben lange so dagesessen und beide ein bisschen geweint. Da verstand ich: Na klar vermisst er mich! Er ist ja selbst noch so klein.

Am schwersten ist es aber für mich selbst: Wenn ich ihn wieder nicht mit ins Bett bringen konnte oder die Oma inzwischen besser weiß, welches Buch gerade das Lieblingsbuch ist. Oder wenn er mir Dinge zeigt und ich nicht verstehe, was er damit sagen will – Papa aber schon. Wenn er am Tag gefühlt hundertmal »Papa« sagt, aber nie »Mama«. Dann schießen mir Tränen in die Augen.

Aber dann spielt er im nächsten Moment wieder zu zärtlich mit seiner Baby-Schwester, ich sehe das verliebte Großer-Brudi-Lächeln und mein Herz platzt vor Stolz!

Denn auch bei mir kommt so langsam an: Du hast ein zweites Kind bekommen – eine Tochter – und sie ist bezaubernd.

Die Liebe kommt. Auch wenn sie vielleicht nicht von Anfang brennt. Das ist okay. Irgendwann, wenn sich alles eingespielt hat und du mal wieder durchatmen kannst, dann kommt sie.

Ach, Mäuschen, bleib mal noch eine Weile so liegen. Auch, wenn du längst tief und fest an meiner Brust schläfst und ich meine Lider kaum länger aufhalten kann. Ist grad so schön. Und wer weiß, wie lange du das noch so willst. Scheiß auf die Rückenschmerzen morgen früh! Die vergehen wieder.

Aber meine Liebe für dich nicht.

Herzpfläumchen

»Mama, Mama, guck mal!«

Ich öffne die Augen, die gerade noch vom Sonnenlicht gewärmt wurden, und sehe meinen Jungen mit nackten Füßen über den Rasen flitzen – die Wangen vor Aufregung ganz rot, die Löckchen verstrubbelt und ein Strahlen in den Augen, wie es nur Kinder haben.

Bei mir angekommen, ziehe ich ihn auf meinen Schoß und drücke ihn an mich. »Ist dir auch nicht kalt, mein Schatz?«

Er schüttelt den Kopf, leckt mit der Zunge über die Oberlippe, seine Nase läuft. Instinktiv ziehe ich ein Taschentuch aus der Jackentasche, doch er stößt meine Hand weg. »Nein, nein, schau doch mal!«

Erst jetzt sehe ich, wie angestrengt er die Hände so aufeinanderdrückt, dass eine kleine Kugel dazwischen entsteht.

»Hast du was gefunden?«

»Ja, was ganz Tolles, Mama! Bist du bereit?«

Ich nicke lächelnd. »Zeig mal her! Das muss ja was ganz besonders Tolles sein.«

Er hält seine Hände nah an mein Gesicht und öffnet sie langsam. Ich erkenne eine Pflaume, die von unserem Baum gefallen sein muss.

»Siehst du das?«

»Ja, eine Pflaume. Aber die darfst du nicht essen, die ist bestimmt noch ganz bitter und hart und ...«

»Nein, Mama, das ist nicht irgendeine Pflaume. Schau richtig hin!«, drängt er.

Ich sehe mir die Pflaume genauer an und erkenne, was er meint. »O ja, jetzt sehe ich es!«

Er grinst breit. »Das ist eine Herz-Pflaume. Oder es sind

zwei Pfläumchen, die aneinandergewachsen sind. Wie Bruder und Schwester. Oder so wie Paprika, wenn innendrin noch eine Baby-Paprika versteckt ist. Oder, Mama?«

Ich streichle über sein Haar. »Ja, da hast du recht. Eine Herz-Geschwister-Pflaume.«

Er kichert und reibt mit dem Daumen über die glatte Oberfläche. »Ich hab noch nie so eine Pflaume gesehen. Gibt's so was öfter?«

Ich ziehe meinen Mund zur Seite und runzle die Stirn. »Hm ... nein, ich glaube, ich habe so eine Pflaume auch noch nie gesehen.«

»Dann ist sie etwas Besonderes. Ein Schatz. Ein Herz-Geschwister-Pflaumen-Schatz.«

Ich lache. »Ganz genau!«

»Mama?«

»Ja, mein Schatz?«

»Da, du sagst auch immer Schatz zu mir.«

Ich küsse ihn sanft auf den Hinterkopf, atme seinen Wohlfühlduft ein. »Weil du für mich auch etwas Besonderes bist. Wie diese Pflaume. Ich könnte also ab jetzt auch Pfläumchen zu dir sagen.«

Er grinst und flüstert: »Herz-Pfläumchen.« Dann kuschelt er sich in meinen Arm und legt den Kopf an meine Brust.

»Und was machen wir jetzt mit ihr?«, fragt er nach einer Weile.

»Nun, du kannst sie behalten und an einen Ort tun, den nur du kennst. Oder du legst sie wieder ins Gras für die Vögelchen. Oder du schaust, ob du noch mehr Herz-Pfläumchen findest.«

»Au ja«, ruft er und sprintet schon wieder davon.

Ich lege mich zurück, schließe die Augen und lächle der Sonne entgegen.

Kind müsste man sein. Dann würde ich jeden Tag ein neues Wunder entdecken.

Mitten in der Nacht

Dein Weinen sticht durch die Nacht. Ich drehe mich zum Baby, sie schläft tief und fest. Ich tapse im Dunkeln ins Kinderzimmer.

»Hey, mein Spatz, kannst du nicht schlafen?« Mit einer Handbewegung schalte ich die Spieluhr an und sammle deine Lieblingskuscheltiere ein. »Hier, dein Häschen und dein Elefant helfen dir, wieder einzuschlafen.«

Deine Hand nimmt meine und führt sie zu deinem Kopf. Ich hocke mich neben dich, streichle dir sanft übers Haar und singe La Le Lu, bis sich deine Atmung beruhigt.

Was hast du nur? Vielleicht war ich zu wenig für dich da gestern. Vielleicht tut dir was weh. Oder vielleicht ist alles ein bisschen viel gerade. Ich weiß es nicht. Aber es spielt auch keine Rolle.

Während ich dich streichle, betrachte ich dein hübsches Gesicht. Deine friedlich ruhenden Wimpern. Deine runden Wangen. Die eine Hand umschließt das Häschen, die andere steckt zur Beruhigung im Mund. Ich schlucke ein Tränchen herunter.

»Warum geht dein Mann nicht mal?«, wurde ich gestern gefragt. »Du hast doch schon das Baby.« Die ehrliche Antwort ist: »Weil ich das nicht will.«

Auch, wenn ich Schweißausbrüche bekomme, weil das Baby jeden Moment aufwachen und Hunger bekommen könnte. Auch, wenn mir die Augen vor Erschöpfung zufallen und ich morgen wieder wie ein Zombie herumlaufen werde. Auch, wenn ich als Mama nicht für alles verantwortlich bin und nicht alles allein stemmen muss.

Du brauchst mich gerade. Meine Hand auf deinem Kopf.

Jeden Tag staune ich darüber, wie schnell du groß wirst. Wie selten du noch meine Hilfe oder gar meine Anwesenheit brauchst. Wie viel du schon allein schaffst.

Aber jetzt gerade. Da brauchst du mich. Wer weiß, wie lange noch.

Meine Hand liegt nun schon eine Weile neben dir. Du atmest tief, bewegst dich nicht. Ich riskiere es und schleiche mich hinaus.

Erleichtert atme ich aus, als ich im Schlafzimmer ankomme und mit einem Blick aufs Babyfon feststelle, dass du noch schläfst. Und als ich mich gerade im Bett einkuscheln will, glücklich darüber, dass ich der Grund bin, dass ein kleiner Mensch sich sicher fühlt, beginnt ein anderer noch kleinerer Mensch neben mir, sich zu regen und an der Hand zu nuckeln.

In der Bahn

Grinsend steige ich aus der Bahn und ziehe meinen Kabinenkoffer hinter mir her. Ich bin wahrhaftig hier. Allein. Keine Kinder. Es ist zwar nur eine Businessmesse, aber jetzt gerade bin ich keine Mama. Sondern nur ich.

Ich laufe Richtung Hotel. Heute Nacht schlafe ich in einem flauschigen Bett. Ganz allein. Ohne Unterbrechungen. Ich schalte das Licht aus, wenn ich das möchte, und wieder an, wenn ich aufwache.

Ich komme an einem Euroshop vorbei, an dem draußen schon Weihnachtsdeko ausliegt. Oh, die Fenstersticker würden meinem Sohn gefallen.

Nichts da. Ich bin nicht als Mama hier. Die nächsten Tage konzentriere ich mich nur auf eins: mich selbst!

Im Hotelzimmer angekommen, lasse ich mich aufs Bett fallen, schließe die Augen, atme durch. Höre in die Stille hinein. Nichts. Keine Mama-Rufe. Kein »Kann ich was essen?«, kein »Was machst du da?«.

Ich gehe aufs Klo. Ich muss gar nicht. Aber ich gehe trotzdem. Weil ich kann. Allein.

Später treffe ich meine Kollegen zum Abendessen. Wir plaudern, trinken, lachen. Wie hab ich das vermisst. Nicht schielen müssen, ob der Große sein Essen nirgends verteilt. Nichts kleinschneiden, kaltpusten, verfüttern. Nicht aufpassen, dass nix umfällt. Kein Bespaßungsprogramm, damit es nicht eskaliert. Ich kann mich unterhalten, ohne zu schreien. Ich kann mein Glas Wein genießen. Und die schlüpfrigen Witze der anderen. Oder das Fachgesimpel. Alles. Mir ist egal, worüber wir sprechen. Ich finde alles großartig.

Ich schlafe wie ein Stein. Daran ist der Wein nicht ganz

unschuldig. Aber sicher hauptsächlich wegen der jahrelang aufgebauten Müdigkeit.

Am nächsten Morgen sagt die junge Kollegin beim Frühstück zu mir: »Herrje, ich konnte gar nicht richtig schlafen. Bin schon halb 7 wachgeworden.«

Ich lache in mich hinein, sage nichts. Schiebe lieber genüsslich mein Nutella-Brötchen in mich hinein. Wann habe ich zuletzt ungestört ein Nutella-Brötchen essen können?

Eine halbe Stunde später meldet sich mein Mann mit Videoanruf. »Die Kinder wollten dich sehen«, sagt er. Ich lächle in die Kamera. Mein Sohn strahlt und erzählt, dass Papa ihn in den Kindergarten bringt. Und Oma später mit ihm in den Tierpark will. Ein Stich zieht durch mein Herz. Normalerweise gehe ich mit ihm nach dem Kindergarten durch das kleine Tiergehege auf dem Weg.

Aber nein, ich freue mich, hier zu sein. Zeit für mich zu haben. Ich brauche das.

Plötzlich beginnt meine Tochter zu weinen, als ich sage, dass ich los muss.

»O nein, Süße, Mama kommt bald wieder«, sagt mein Mann. Sie weint immer lauter. Ich will ins Telefon hineinkriechen und sie an mich ziehen.

»Schatz, ich leg auf, ich muss sie beruhigen«, ruft mein Mann, und bevor ich Nein sagen kann, ist er schon weg.

Ich starre auf den dunklen Bildschirm. Meine Augen brennen. Ich tippe schnell eine Nachricht: Alles wieder gut? Greife nach einem Taschentuch. Meine kleine Maus.

Sie vermisst dich, antwortet er. Aber alles im Griff.

Ich putze mir die Nase und schüttele mich. Natürlich hat er alles im Griff. Alles gut.

Dann mache ich mich auf zur Messe. In der Bahn setzt sich ein Mädchen neben mich. Sie könnte im Alter meines

Sohnes sein. Ohne zu überlegen, sage ich: »Na, Kleine, fährst du mit Mama in den Kindergarten?« Ich weiß auch nicht, warum, es war ein Impuls.

Sie krabbelt auf den Schoß ihrer Mutter und starrt mich an.

Ich reibe mir die Stirn, drehe mich zu meinen Kollegen. Sie diskutieren über die Fußballergebnisse. Ich schaue aus dem Fenster, meine Gedanken schweifen ab. Hoffentlich zieht mein Mann dem Großen nicht die grauen Schuhe an. Mein Sohn liebt sie, weil da Spider Man drauf ist, aber er stolpert damit immer, sie sind noch einen Ticken zu groß. Ich wollte sie wegräumen.

»Kommst du?«, ruft meine Kollegin. Ich stehe auf, schaue um mich, dass nichts liegen geblieben ist, steige aus.

Ich habe nur eine Handtasche über der Schulter. Meine Hände fühlen sich so leer an. Ich stecke sie in die Jacke und erfühle eine kleine Dinofigur, reibe mit dem Daumen darüber.

In meinem Tempo trabe ich voran, schaue nicht zurück, hechte nicht nach links, nicht nach rechts. An der Ampel schellt meine Hand instinktiv nach vorn, hält den Arm meines Kollegen fest.

Er schmunzelt. »Keine Sorge, ich hab Augen im Kopf.«

Ich lache überspitzt, ermahne mich innerlich.

Auf der Messe ertappe ich mich dabei, wie ich die Stände nach Goodies abscanne, die meinen Kindern gefallen könnten. Da drüben gibt es sogar Kuscheltiere. Und vorne Jo-Jos. Aber die sind noch eine Spur zu schwer für meinen Sohn. Das Einhorn da muss ich aber definitiv später für meine Tochter sichern.

Nein, sagt die Stimme in mir. *Nimm dir lieber die Pralinen und iss sie im Zug zurück!*

Am Stand kommt die erste Kundin vorbei. »Ach, lange nicht mehr gesehen! Das ist aber schön.«

»Ja«, sage ich. »Ich bin wieder zurück und freue mich sehr.«

»Die Zeit vergeht so schnell, oder? Mit Kindern. Ich bin ja schon Oma, herrje.«

»Da sagen Sie was! Meine sind auch schon 4 und 2. Ich kann's manchmal gar nicht glauben.« Ein verräterisches Brennen steigt mir in die Augen und bevor es peinlich wird, lenke ich das Gespräch auf unsere Produkte.

Später treffe ich eine alte Bekannte, die auch auf der Messe ist. Sie fragt mich geradeheraus, ob ich schon wieder schwanger bin. Ich ziehe meinen Bauch ein und verfluche Hormone, die stagnierende Rückbildung und meinen alternden Körper. Meine Beine schmerzen und mein Rücken erst.

Nach der Messe kurzer Stopp im Hotel. Und kurzer Lagebericht von der Heimatfront. Mein Mann schickt Bilder. Mein Sohn hat eine Schramme im Gesicht.

Was ist passiert?, will ich wissen.

Nicht so schlimm, schreibt er.

Ich singe *Heile, heile Gänschen* in eine Sprachnachricht, fühle mich schlecht. Er würde sich jetzt in meine Arme kuscheln und streicheln lassen.

Bevor ich länger drüber nachdenken kann, tusche ich meine Wimpern nach und gehe zum Abendessen.

Die Stimmung ist gut. Ausgelassen. Ich lasse los. Bin wieder im Jetzt.

Eine junge Kollegin verabschiedet sich. »Nach so vollen Tagen schlafe ich so schlecht ein. Da rollen die ganzen Eindrücke die ganze Zeit durch meinen Kopf.«

»Das haben Kinder übrigens auch«, sage ich, ohne nachzudenken. »Wenn ihr Tag zu voll ist, schlafen sie schlecht. Man möchte meinen, sie schlafen dann grade gut, weil sie so müde sind. Ist aber ein Trugschluss. Entweder sie schlafen nicht ein oder sie werden ständig wach. Weil ihr Kopf den Tag verarbeiten muss.«

Die Kollegin nickt anständig. Schon klar, was interessiert es sie?

Ich ziehe mit einer Gruppe Kollegen mit. Wir gehen in einen Club mit harter Musik. Nicht mein Geschmack, aber was soll's. Ich bin nicht wählerisch.

Ich schlafe wieder wie ein Stein. Frühstücke genüsslich. Trotte in meinem Tempo. Stecke die Hände in die Taschen zum Dino. Lasse sie auch an der Ampel drin. Gehe an den Goodies vorbei. Performe.

Auf dem Heimweg höre ich im Zug Musik von deutschen Singer-Songwritern und muss plötzlich weinen. Die mit ihren blöden emotionalen Texten. Ich bin müde. Es war anstrengend.

Ich will nach Hause. Zu meinen Kindern. Will sie drücken und knutschen, ihre kleinen Hände halten, ihre Köpfe streicheln. Ich will endlich wieder ein »Mama« hören. Ein »Ich hab dich soooo lieb.« Ich will morgen wieder ins Tiergehege. Will die kleinen Füßchen in die falschen, aber doch richtigen Schuhe stecken. Will das Einhorn aus der Tasche holen und in leuchtende Augen sehen.

Ich will umgehauen werden.

Von meinen Kindern.

Und von all den wirren Gefühlen.

Don't panic

Ich hacke die Zwiebeln klein, atme stoßweise aus und lasse die Tränen laufen.

Ob er nach mir sucht? Sich fragt, wo ich bin?

Nein, ich breche jetzt nicht zusammen. Auf keinen Fall.

Mit zittriger Hand schäle ich Möhren, mechanisch. Ich drücke aufs Handy, keine neue Nachricht. Fünf Minuten erst vergangen.

Ob er Angst hat? Bestimmt. Ob Papa ihn beruhigen kann? Bestimmt. Besser, als ich es könnte.

Hastig fege ich die Möhren in die Pfanne zu den Zwiebeln. Aber ich bin doch die Mama.

Nicht so viel nachdenken. Machen. Als Nächstes die Paprika. Koch ihm was, er wird Hunger haben. Sein Leibgericht.

Gleich muss er ganz allein hinten im Auto sitzen. Keiner kann ihm die Hand halten. Papa muss ja fahren.

Ich zwinkere eine neue Tränenwelle weg.

Das Baby gluckst im Hintergrund. Ich erinnere mich wieder, warum ich hier und nicht dort bin. Zwei Kinder. Eine Mama.

Ob es arg wehtut? Ich würde so gern da sein und pusten.

Das Gemüse brutzelt vor sich hin, ich rühre. Drücke wieder aufs Telefon. 15 Minuten vergangen.

Ist das ein gutes Zeichen, dass nichts kommt? Oder ein schlechtes? Was, wenn was schiefgegangen ist? Eine Komplikation, ganz selten, total unvorhersehbar?

Mir wird schlecht, alles verschwimmt vor meinen Augen. Ich muss mich setzen. Mein Puls pocht in den Ohren, ich bekomme Schnappatmung, muss unkontrolliert schluchzen.

Dann vibriert mein Handy, endlich eine Nachricht:

Alles gut soweit. Er ist grad aufgewacht und will ein Wiener Würstchen.

Ich muss lachen und schüttele den Kopf.

»Es geht ihm gut, Maja. Hörst du, es geht deinem Bruder gut?«, rufe ich beschwingt, nehme meine Tochter aus der Babywippe, drücke sie an mich und tanze mit ihr im Kreis.

Sie fängt an zu lachen und weiß gar nicht, wie gut sie mir damit tut, wie dringend ich dieses Geräusch grad brauche.

Sie patscht mir übermütig ins Gesicht und starrt dann verwundert auf ihre nasse Hand.

»Nicht schlimm, Mäuschen. Mama ist nicht traurig. Ich freue mich nur so sehr!«

Ich gebe ihr einen dicken Kuss und setze sie wieder in die Wippe.

»Komm.« Ich wische mir die Tränen weg und atme tief durch. »Lass uns das Essen fertig machen. Mats ist gleich wieder da!«

Ein kuscheliger Moment

Ich lass mir einen Kaffee ein und schalte das Babyfon auf volle Lautstärke. Gerade hat mich mein Sohn meines Platzes verwiesen, als ich seine kleine Schwester nach dem Mittagsschlaf aus dem Bett holen wollte. Er regele das.

»Mama, weg!«, bekräftigte meine Tochter seine Entscheidung.

Also habe ich mich verdrückt und lasse die zwei mal machen. Zehn Minuten Zeit für einen Kaffee, dagegen habe ich nichts einzuwenden.

Ich beobachte auf dem Monitor des Babyfons, dass mein Sohn erst mal in das Gitterbett seiner Schwester gekrabbelt ist. Dass er da noch reinpasst! Aber Kinder können sich so klein machen, dass sie sogar in ein Post-Päckchen passen würden.

Süß, wie sie da so aneinandergekuschelt liegen. Seinen Arm hat er um sie herum gelegt, ihr Kopf ruht an seiner Brust. Und zur Sicherheit schlägt er sein Bein auch noch über ihres.

Ich nehme einen Schluck und freue mich über die Wärme des Kaffees. Herrlich! Zur Krönung nehme ich mir noch einen Cookie vom Teller, den ich eigentlich für die Kinder bereitgestellt habe. Man gönnt sich ja sonst nichts.

Gerade als ich genüsslich hineinbeiße, höre ich Geräusche aus dem Babyfon.

»Nein, Lisa, Mama ist grad nicht da. Aber ich bin da. Ich pass auf dich auf, ja?«

»Ja. Basti da.«

»Genau! Ich bin hier bei dir. Zusammen machen wir das. Weil ich hab dich so lieb.«

»Lisa Basti auch lieb.«

Awww, mir schmilzt das Herz. Wie goldig kann man bitte sein? Und jetzt streichelt er ihr auch noch den Kopf. Mir wird ganz warm.

»Willst du noch deinen Teddy, Lisa? Zum Kuscheln?« Er kramt das flauschige Teil unter dem Berg Kuscheltiere und Puppen am Fußende hervor.

Sie schüttelt wild das Köpfchen. »Nein, nein. Basti da.«

Da kichert er. »Ja, ich bin da. Sollen wir weiter kuscheln?«

»Jaaaaa.«

Ich könnte ihnen ewig so zusehen. Wie sie so sind, wenn sie sich unbeobachtet fühlen. So herzlich und fürsorglich. Und so pur. Ja, genau. Das ist pure Geschwisterliebe.

Ich habe meinen Kaffee inzwischen ausgetrunken. Aber ich will diesen Moment noch nicht unterbrechen. Sie liegen grad so friedlich.

Ich weiß natürlich, dass mein Sohn im Leben nicht mehr allein aus dem Bettchen herauskommt und seine Schwester erst recht nicht da herauszerren sollte.

Aber jetzt gerade liegen sie so friedlich. Und kichern. Und schmusen.

Ich schnappe mir mein Handy und filme den Monitor. Das ist albern, ich schaue mir das später sowieso nicht mehr an und die Qualität ist unterirdisch.

Aber etwas in mir drin will diesen Moment einfangen. Vielleicht zeige ich es ihnen ja später, wenn sie älter sind und sich an die Gurgel gehen.

Und dann sag ich: »So, nun vertragt euch wieder. Geht kuscheln. Auf dem Dachboden steht noch das Gitterbett, wenn ihr wollt.«

Darüber muss sogar ich lachen.

Kerzenscheinwelt

Ihr wisst, was heute für ein Tag ist. Wer mag, kann gerne eine Kerze für Timo und mich anzünden und mir ein Bild davon senden. Wir freuen uns über jedes einzelne.

Sie schluckt schwer, als sie den Post liest. Ja, sie weiß, was heute für ein Tag ist. Sie überlegt schon den ganzen Tag, was sie tun soll. Schreiben? Anrufen? Blumen schicken? Am liebsten wäre ihr nach Hinfahren und in die Arme schließen. Lange nicht mehr loslassen.

Wenn sie anruft, was soll sie sagen? Sie hat keine Worte dafür. Und wortlose Nähe übers Telefon funktioniert nicht.

Sie gibt sich einen Ruck, holt eine Packung Streichhölzer und drapiert bedächtig Kerzen um die kleine Steinfigur – Demeter, Göttin der Fruchtbarkeit. Ihre Hände sind feucht, sie hört das Herz in ihrem Kopf pochen. Was wäre, wenn der Arzt damals nichts gemerkt hätte? Wenn sie den Kontrolltermin verpasst hätte? Wenn es keinen Notkaiserschnitt gegeben hätte?

Hätte, hätte. Sie darf nicht darüber nachdenken.

Sie schaltet das Licht aus, setzt sich auf den Rand des Bettes und lässt sich für einen Moment in die Kerzenscheinwelt ziehen. Als wäre es gestern gewesen, kriecht die Angst von damals in ihr hoch. Sie will sich nicht ausmalen, wie es ohne ihn wäre. Will die Bilder nicht vor ihrem geistigen Augen sehen. Die Sirene, die kalte Liege, Manuel, wo bist du, die vielen Ärzte um sie herum, die Sorge in ihrem Blick, was passiert nur? Aber vor allem will sie sich nicht vorstellen, was gewesen wäre, hätten die Ärzte gesagt: »Da ist kein Herzschlag mehr.«

Sie atmet tief ein, hält kurz inne und lässt dann los. Es ist noch einmal gut gegangen. Das hier ist nicht ihr Schicksal. Sorgfältig schießt sie Bilder aus allen Perspektiven, bearbeitet sie und wählt das beste aus.

Vor dem Senden hält sie inne. Wieder die Suche nach den richtigen Worten. Was sag man, wenn man doch einfach nur weinen will? Sie wünschte, sie könnte ein Fenster in ihr Herz öffnen und die Aussicht verschicken.

Bevor sie wieder der Mut verlässt, tippt sie schnell und klickt sofort auf Senden:

Kleiner Timo, wir denken fest an dich.

Wenn du Dampf ablassen musst

Gänsemütter

»Also, spuck's aus, wie weit bist du?«

Sie rührt in ihrem heißen Pfefferminztee. »Zehnte Woche. Eigentlich will ich's in den ersten drei Monaten noch nicht groß herumerzählen. Man weiß ja nie. Aber dir wollt ich's früher sagen. Das ist nur fair.« Sie nimmt einen Schluck und verbrüht sich sofort.

»Aha, ja. Und wann ist es dann so weit?«

»Anfang Juli. Am 7. Juli bin ich ausgezählt. Witzig, oder? Genau dein Geburtstag.«

Nichts. Nicht einmal ein müdes Lächeln drückt er heraus.

»Na ja, im Mutterschutz bin ich dann natürlich eher.« Sie knabbert auf ihrer verbrühten Lippe herum und zerpflückt eine Serviette in tausend Einzelteile.

»Hm. Also dann ab Juni oder wie?«

»Mitte Mai.« Sie räuspert sich. »Aber dadurch, dass ich es dir so früh sage, haben wir ja ganz viel Zeit. Um alles sauber zu übergeben. Und uns einen Plan zu machen. Ersatz zu finden oder so.«

»Weißt du schon, wie lange du wegbleibst?«

Sie fährt sich durchs Haar und blickt sich nach der Kellnerin um. Sie würde wirklich gern etwas trinken. »Nee, ich hab's ja selbst quasi grad erfahren. Ich muss mich noch auf die Situation einstellen. Und natürlich erst einmal abwarten, ob alles gut geht. Die kritische Phase ist ja noch nicht vorbei. Also, es kann ja noch so viel passieren.«

»Jetzt sag schon.«

»Zwei Jahre?« Ihre Stimme hebt sich von selbst am Ende zu einer Frage.

»Oha. Ich hätte nicht gedacht, dass du so eine bist.«

»So eine?«

»Und wie soll das danach laufen? Die Entfernung ist zum Pendeln mit einem kleinen Kind viel zu weit. Ich könnte vielleicht etwas für dich finden, das du vom Homeoffice aus erledigen kannst. Aber was weiß ich, wie die Lage hier bis dahin aussieht. Vielleicht muss ich auch die Schotten dicht machen. Garantieren kann ich dir jedenfalls nichts, so viel ist klar. Wäre das überhaupt etwas für dich, von zu Hause aus arbeiten? Ich meine, du willst doch auch nicht auf dem Land versauern, oder?«

Sie schaut aus dem Fenster. Draußen überquert eine Gänsefamilie die Straße – die Gänsemutter voran und die Kleinen in einer Linie hinterher. Einige Küken schaffen es nicht rechtzeitig und streuen irritiert umher. Die Gänsemutter läuft zurück, um die Nachzügler einzufangen. Die Küken direkt hinter ihr natürlich hinterher, bis schließlich alle Küken um die Mutter herum in einem großen Pulk zusammen die Straße überqueren.

Irgendwo hat sie mal gelesen, dass weibliche Gänse sich nach dem Schlüpfen ganz hingebungsvoll um ihren Nachwuchs kümmern – für sie gibt es nur die Küken. Und für die Küken nur die Mama. Deshalb folgen sie ihr auch überallhin.

»So weit habe ich ehrlich gesagt noch nicht gedacht«, sagt sie schließlich. »Wir werden schon eine Lösung finden.«

»Du meinst, ich werde eine Lösung finden? Du bist ja in ein paar Monaten fein raus.«

»Es tut mir leid.«

»Frau Matka, schön, Sie zu sehen.« Ihre Klientin trägt einen Blazer, auf dem eine kleine weiße Gans gestickt ist. Mit prüfendem Blick fragt sie: »Sagen Sie, ich frage einmal ganz indiskret: Darf man gratulieren?«

Sie lächelt. »Dürfen Sie.«

»Herzlichen Glückwunsch! Wann ist es denn so weit?«

»Im Juli.«

»Ach, wie schön, ein Sommerkind. Für uns natürlich tragisch. Wie lange sind Sie denn weg?«

»Ich nehme zwei Jahre Elternzeit. Aber es ist selbstverständlich für Ersatz gesorgt. Da brauchen Sie sich keine Sorgen zu machen.«

»Ach, ich habe ja sowieso keinen Anspruch auf einen bestimmten Dienstleister. Aber warum denn so lange?«

Sie ballt ihre Hände zu Fäusten. Ihr Blick bleibt auf der weißen Gans kleben. Sie erinnert sich an die Gänsefamilie vor ein paar Tagen. »Ich will mir einfach die Zeit nehmen. Die gibt mir keiner wieder. Ich habe lange und hart gearbeitet, und jetzt bin ich mal dran. Also, ich meine, die Familie.«

Die Klientin runzelt die Stirn. »Aber Sie sind so gut in dem, was Sie machen. Sie könnten es weit bringen. Und jetzt wollen Sie Ihre Karriere wirklich wegschmeißen?«

Sie beißt die Zähne zusammen. »Vielen Dank für die Blumen. Mir hat es auch immer Spaß gemacht. Aber jetzt möchte ich mich meinem Kind widmen. Die Karriere läuft mir ja nicht weg.«

Ein aufgesetztes Lachen verpufft im Raum.

»Täuschen Sie sich da nicht. Mit Kindern ist es wahnsinnig schwer, in die alte Position zurückzukehren und dasselbe Standing wiederzugewinnen. Vor allem, wenn Sie lange weg vom Fenster waren.«

Sie lächelt gequält und lenkt das Gespräch zum Fachlichen. In Gedanken beneidet sie die Gänsemutter.

»Heeey, Monika!«, ruft jemand hinter ihr, als sie gerade den Briefkasten leert. Die Nachbarin stürmt auf sie zu und umarmt sie überschwänglich. »Mensch, ich hab's von Sibylle gehört. Du bist schwanger, wie toll! Wann ist es denn so weit?«

»Äh, hallo, Ina. Danke. Im Juli.«

»Oh, ein Sommerkind. Weißt du schon, was es wird?«

»Ein Junge.«

»Wie toooll! Mensch, ich habe noch tausend Babysachen, die kann ich dir alle geben. Und dann können unsere Jungs zusammen spielen. Ich freue mich so für euch!« Sie kratzt sich am Kopf.

»Ja, das klingt nett, Ina. Danke!«

»Aber nach Köln fährst du doch dann nicht mehr, oder?«

»Ich bleibe erst einmal zwei Jahre zu Hause, und dann sehen wir weiter.« Sie schaut sich um, ob irgendjemand auf der Straße dem Gespräch folgt, sieht aber niemanden. Sie hat keine Lust, dass sich noch wer einklinkt.

»Ja, das geht doch dann nicht mehr, viel zu weit. Gehst du jetzt noch arbeiten?«

»Klar, bis Mitte Mai.«

»So lange noch? Und das mit der Bahn? Tu dir das doch nicht an, Monika!«

Sie blickt zu Boden. »Ach was. Mir geht's gut und ich arbeite gern. Solange es geht, ist alles fein. Ich bin ja nicht krank oder so.«

»Aber du musst dich doch schonen! Stress ist nicht gut, weißt du. Nicht, dass das Kind im Zug kommt.« Ein schrilles Lachen. »Na gut, ich muss los, den Kleinen abholen. Soll ich schon einmal bei den Maikäfern nach einem Platz für dich fragen? Du musst dich echt früh kümmern, sonst kriegst du nix mehr.«

Sie schreckt zusammen. »Nein, nein! Wenn der Knirps da ist, schaue ich mit Thomas zusammen nach einer passenden Kita. Aber danke für den Tipp.«

»Okay, aber wartet nicht zu lange. Und komm gern mal auf einen Kaffee vorbei, dann zeige ich dir auch die Babysachen.«

Sie winkt der Nachbarin perplex nach.

»Na, Dickerchen, was macht das Bäuchlein?«

»Hallo, Mama, es wächst und gedeiht. Alles gut.«

»Du klingst so gequält – ist irgendwas?«

Sie klemmt das Telefon zwischen Wange und Schulter und schließt das Fenster. Drüben steht die Nachbarin an der Tür, den Kleinen auf dem Arm. »Ach, ich hatte vorhin ein seltsames Gespräch mit der Nachbarin. Sie sagt, ich solle mich schon um eine Kita kümmern.«

»Dazu habt ihr später doch noch genug Zeit! Seit wann mischt sich deine Nachbarin da überhaupt ein?«

»Tut sie ja nicht. Es war nur ein Tipp. Keine Ahnung. Fühle mich irgendwie überfordert. Als wäre ich noch gar nicht bereit. Wir haben ja nicht mal einen Garten.« Sie kehrt Kuchenkrümel mit der Handfläche zusammen.

»Jetzt hör aber mal auf! Wir hatten früher nur eine Ein-Zimmer-Wohnung und das ging auch wunderbar. Das wird sich alles finden. Ein Kind braucht nicht viel. Mach dir keinen Kopf!«

Sie nimmt einen großen Schluck Wasser. Aus der Leitung. Voller Kalk. »Hm, vielleicht.«

»Und auf Arbeit alles gut? Nicht zu anstrengend?«

»Ach was, ich arbeite nur noch mein Soll ab, aber in die wirklich spannenden Themen werde ich ja gar nicht mehr einbezogen. Stehe schon auf dem Abstellgleis.«

»Wieso das denn?«

»Tja, muss mich wohl damit abfinden, dass ich bald Vollzeit-Mutter bin. Meine Ziele kann ich jetzt vergessen.«

Am anderen Ende atmet ihre Mutter schwer aus. Oder

holt sie Luft?

»Jetzt hör mir mal zu, Schatz. Ich habe damals studiert, als ich dich bekommen habe. Da hätte ich überhaupt keine Vollzeit-Mutter sein können. Und das ging auch. Du wirst noch genug Zeit haben, deinen Träumen nachzueifern. Wenn du das wirklich willst, musst du auf gar nichts verzichten!«

Ihr Blick wandert zu einem Flyer für eine Tagung in ein paar Wochen. Sie schiebt ihn weg. »Fühlt sich aber so an. Ich verzichte auf meine Karriere, auf die quirlige Großstadt und letztlich auch auf meine Träume. Aber das ist eben so.«

»Quatsch mit Soße. Mutter sein ist kein Verzicht, sondern eine Bereicherung. Lass dir das von keinem schlechtreden. Es gibt nicht den einen richtigen Weg. Der Weg, den du wählst, ist für dich der richtige. Und wenn du deine Träume erfüllen willst, hält dich dein Kind nicht davon ab!«

Sie schließt die Augen.

»Hörst du mich?«

»Jaha, ich höre, was du sagst. Ich weiß nur auch nicht, was ich glauben soll. Die eine sagt, ich versauere hier auf dem Land; die andere sagt, ich schöpfe meine Potentiale nicht aus; die dritte sagt, ich müsse eine gute Mutter sein. Aber was ist das überhaupt: eine gute Mutter?«

Ihre Mutter stöhnt laut. »Du wirst automatisch zu einer guten Mutter, wenn du dein Kind liebst. Aber dafür musst du jetzt mal anfangen, dich drauf zu freuen, und die Leute reden lassen. Wenn der kleine Murkel da ist, wird es für dich erst mal nichts Tolleres gehen, aber deshalb hast du später trotzdem wieder Zeit für dich selbst. Mach dir nicht so viele Sorgen um das, was du angeblich verpasst oder tun musst. Es wird eine Umstellung, das ist klar. Aber deshalb musst du dich selbst doch nicht aufgeben.«

»Okay, okay, ist ja gut.«

»Wird schon, mein Schatz! Das wird sich alles ganz von selbst finden.«

»Danke, Mama. Hab dich lieb.« Sie beendet zügig das Gespräch, öffnet die Terrassentür und setzt sich mit einem Kaffee in den neuen Schaukelstuhl. Immerhin kein Espresso.

Sie starrt eine Weile nach draußen, als sich oberhalb des Bauchnabels eine Beule nach außen wölbt. Sie legt ihre Hand auf den Bauch und reibt langsam über die Stelle.

»Du hast ja recht, mein Kleiner! Wir beide schaffen das schon, oder? Wir beide schaffen das schon.«

Dann zuckt es wieder an derselben Stelle und dann noch einmal. Sie reibt weiter über ihren Bauch, schließt die Augen und atmet die frische Frühlingsluft ein. Draußen fliegt eine Vogelschar vorbei - oder sind es Gänse? Sie denkt an die Gänsemutter und muss lächeln. Ihre Muskeln entspannen sich. Ihr Kopf auch. Es folgt wieder ein Tritt ihres kleinen Mitbewohners.

»Ist ja gut, Baby. Ich weiß jetzt, was ich tun muss.«

Nichts nämlich. Rein gar nichts.

Schlafentzug

Sie sitzt auf der Bettkante im verdunkelten Raum und wippt rhythmisch auf und ab. Mit dem Handrücken wischt sie sich den Schweiß von der Stirn. Er läuft ihr auch den Rücken hinunter und zwischen ihren Brüsten sammelt sich die Feuchtigkeit ebenso.

Auch von den Wangen wischt sie sich nasse Spuren. Aber das ist kein Schweiß.

Wann wird es nur aufhören, so anstrengend zu sein? Wie lange ist es noch, bis das erste Babyjahr überstanden ist? Drei Monate? Sie hat keine Ahnung, wie sie das durchhalten soll. Wird es danach überhaupt besser? Oder sagen das nur alle?

Der kleine Kopf an ihrer Brust bewegt sich. Ein leises Murren setzt ein.

Sie seufzt, steht auf, läuft wippend und singend und flüsternd und schschnd durch den Raum.

Schlaf weiter, Baby, schlaf weiter. Bitte, oh, bitte. Mama muss auch mal schlafen.

Sie weiß nicht, wann sie zuletzt richtig geschlafen hat. Vor neun Monaten? Einem Jahr? Nie hätte sie gedacht, was dieser Schlafentzug mit ihr machen würde. Sie dachte, diese Mütter, die nachts halb vier mit dem Kinderwagen durch die Straßen ziehen, seien doch bekloppt. Das macht doch keiner.

Aber jetzt weiß sie, warum die das machen. Sie sind schier verzweifelt. Sie wissen keinen anderen Ausweg. Und dann lieber wie eine Halbtote durch dunkle Straßen trotten, als noch eine Stunde mehr Babygeschrei im Ohr.

Inzwischen kann sie es verstehen. Auch, wenn sie es selber noch nie gemacht hat. Dafür ist sie schon nachts mit dem Auto im Viertel herumgegeistert, weil die Kleine im Auto schnell einschläft. Hat leider nur gehalten, bis der Wagen gestoppt hat. Sie wäre auch noch länger sinnlos herumgegurkt, aber ihre Augen fielen zu.

Einmal ist sie schon durch Sekundenschlaf in einen Baustellenpöller gefahren. Es war so herrlich still um sie herum. Und diese bleierne Müdigkeit wiegt so schwer auf ihren Lidern, dass sie immer einschlafen kann - egal, wo, egal, wann, egal, in welcher Position.

Das Baby hat wieder angefangen zu schreien. Wie können so kleine Geschöpfe nur so laut schreien? Wo nehmen sie das Stimmvolumen her?

Sie stemmt die Hände in die Hüften. Ihr Rücken tut weh vom Herumlaufen, vom Tragen, vom Eigentlich-einknicken-wollen-aber-nicht-dürfen.

Lieber Gott im Himmel oder wo auch immer, hab doch Mitleid mit mir! Ich kann nicht mehr.

Sie will auch nicht mehr. Jeden Abend dreht sie hier im Dunkeln ihre Runden und heult vor lauter Erschöpfung. Sie hat noch nie in ihrem Leben etwas erlebt, das sie derart ausgelaugt und ihre letzten Kräfte aus ihr herausgesaugt hat. Wie dieses Baby.

Das hat ihr vorher keiner gesagt. Klar sagen manche mit einem verschmitzten Grinsen auf den Lippen: »Erst ist es ein wenig anstrengend, aber das erste Lächeln deines Kleinen Schatzes entschädigt für alles.«

Nun, ihr Baby lächelt inzwischen recht häufig. Es lacht auch aus vollem Herzen. Findet sie das goldig? Natürlich. Es ist herzallerliebst und ihr geht jedes Mal das Herz auf. Manchmal weint sie sogar vor lauter Rührung. Überhaupt weint sie die meiste Zeit wegen irgendwas. Manchmal merkt sie es nicht einmal mehr.

Aber entschädigt es für alles? Auf keinen Fall! Nein. Mitnichten. Dieses Lächeln, die kleinen süßen Fingerchen, das zufriedene Glucksen, der friedliche Atem, wenn das Baby in ihren Armen einschläft - all das liebt sie von ganzem Herzen, all das genießt sie.

Aber das hilft ihr abends auch nicht, wenn sie keinen Schritt mehr gehen kann und ihre Ohren taub sind von den lauten Babytönen. Oder wenn sie alle zwei Stunden nachts aufstehen muss, um zu wickeln, zu füttern, zu schuckeln, wieder zu tragen.

Nein, die Erschöpfung und das zehrende Gefühl in ihr drin, das ganze Mama-Ding einfach nicht hinzubekommen, nicht dafür gemacht zu sein, auf ganzer Linie zu versagen, weil sie ihr eigenes Kind nicht beruhigt bekommt, sind definitiv tausendmal stärker als die Baby-Freuden.

Wie machen das andere Mütter? Wie viele Babys werden jährlich in Deutschland geboren? Eine ganze Menge. Das sind doch nicht alles Übermütter, wie stehen die das durch? Oder ist sie einfach nur zu schwach? Muss sie sich mehr anstrengen, die Zähne zusammenbeißen, nicht so viel jammern? Keine andere jammert. Vielleicht stellt sie sich nur an? Sie hat es schließlich so gewollt, als sie sich für ein Kind entschieden hat. Oder?

Ihr Kopf hämmert. Nein, so hat sie das nicht gewollt. Hätte sie gewusst, dass es so wird, hätte sie womöglich ...

Sie reibt sich die Augen. Alles so neblig dahinter. Sie hat keine Kraft für diese wirren Gedanken. Und es nützt ja doch nichts. Jetzt ist das Baby da und sie will es auch nicht mehr hergeben. Sie will nur ... ein bisschen Ruhe. Das ist alles.

Gott sei Dank ist das Baby wieder eingeschlafen. Jetzt muss sie nur noch dreißig Minuten weiterwippen, bis der leichte Schlaf überwunden ist und die Kleine in die Tiefschlafphase übergeht. Und dann - vielleicht - kann sie ihr Baby ins Beistellbett ablegen.

Und endlich schlafen.

Zwei Stunden.

Wenn sie Glück hat.

Lasse redn?

Vor mir sitzt mein hochroter Sohn auf dem Boden und wirft mit Dreck um sich. Dicke Elefantentränen, herz- und nervenzerreißendes Geschrei.

Er will Laufrad fahren. Aber ohne Helm.

Ohne Helm gibt's bei mir kein Laufrad.

Ergo: Elefantentränen.

Ich schaue mich unruhig um. Es ist schönes Wetter, die Nachbarn sind alle draußen.

Ich ermahne mich: *Es ist egal, was sie denken. Sei bei dir und deinem Kind. Was braucht er jetzt?*

Ich reibe mir die Stirn. Es fällt mir schwer, mich auf eine bedürfnisorientierte Strategie zu konzentrieren, weil die Stimme in meinem Kopf zu beschäftigt ist, mir zuzuraunen: *Was sollen denn die Leute denken? Krieg dein Kind mal in den Griff!*

Ich hocke mich neben ihn. Okay, ich schaff das!

»Schatz, willst du in Mamas Arm?«

Geschrei wird lauter. Heftiges Kopfschütteln.

»Nein? Okay, ich bin hier, wenn ich dich trösten soll, ja?«

Kind rutscht ein Stück weiter weg.

»Hör mal, ich weiß, dass du ganz viel Lust auf Laufradfahren hast. Das macht sicher total viel Spaß, die Straße langzusausen, was?«

Er sieht mich an. In seinen Augen ein Hoffnungsschimmer. Er zieht sein Laufrad zu sich ran.

»Was hältst du denn davon, wenn ich dich ein bisschen anschubse, damit du noch schneller bist?«

Das Schreien stoppt. Ein zaghaftes Nicken.

»Ja?«, rufe ich euphorisch und stehe auf. »Na dann los, Champ! Wir ziehen schnell den Helm über und dann sprinten wir los!«

»Neeeeeeeeeein!« Das Schreien beginnt wieder.

Ich versuche, ihm den Helm überzustülpen, aber er wehrt sich mit Händen und Füßen. Fast, als würde ich ihn misshandeln.

Ein Nachbar ruft »Uiuiui« herüber.

Eine ältere Frau und ihre spielende Enkeltochter schauen zu uns. Hoffentlich kommen sie nicht her.

Die Stimme in meinem Kopf wird lauter: *Mann, Mann, Mann, der hat dich ja total unter Kontrolle! So was darfst du ihm nicht durchgehen lassen. Du musst jetzt durchgreifen. Sonst tanzt er dir irgendwann auf der Nase herum.*

In mir brodelt es. Ich presse die Kiefer aufeinander und wehre mich fast so sehr wie mein Sohn gegen die üblen Worte, die durch meinen Mund nach draußen wollen.

Nein, nein, nein. Du willst nicht schreien. Das ist nicht deine Art zu erziehen. Sei stark.

Ich reibe mir durchs Gesicht, atme ein – zwo, drei, vier –, atme aus – zwo, drei, vier, fünf, sechs, sieben, acht.

»Schätzchen, schau mal! Auf dem Helm sind ja lauter Wale und Fische. Die liebst du doch so! Wie macht der Fisch?«

Keine Reaktion. Nicht mal ein Aufsehen.

»Blubb, blubb, blubb, blubberdiblubb.«

Nichts.

Mir gehen die Ideen aus.

Das Kind röchelt inzwischen vor Zorn und Geschrei. Nicht, dass er sich jetzt hier übergibt. Hab ich alles schon gehört.

Wenn, ist er selbst schuld!, sagt die Stimme.

Nein, ist er nicht. Er kann nichts für die Konventionen unserer Gesellschaft und er kann auch die Gefahren nicht einschätzen. Nicht verstehen, warum Helm tragen wichtig ist.

Aber Gott, regt es mich auf! Und alle gucken. Oder bilde ich mir das ein?

Ich balle meine Hände zu Fäusten, um dem Drang zu widerstehen, meinen Sohn am Arm wegzuzerren. Ich will raus aus dieser Situation.

»Was hat der Junge denn?«, ruft das Mädchen ihrer Oma lautstark zu. Die Antwort verstehe ich nicht.

»Wenn du nicht aufhörst zu zetern, bring ich das Laufrad wieder rein! Dann fahren wir eben nicht. Willst du das?«, zische ich meinen Sohn an.

Na toll, das war natürlich pädagogisch absolut nicht wertvoll. Dementsprechend lauter wird das Geschrei auch.

Ach scheiße.

In meiner Jackentasche spüre ich einen Schokobon. Damit könnte ich ihn beruhigen. Aber ich will Süßes eigentlich nicht als Ablenkungsmanöver benutzen. Nicht, dass er lernt, seinen Kummer immer in Süßkram zu ersticken.

»Soll ich es mal probieren?«, ruft der Nachbar von drüben rüber.

Mir platzt der Kragen. Ich kann den Ruck in mir förmlich spüren. Das Einknicken.

Genug ist genug. Jetzt tu endlich was! Lass dir das doch nicht gefallen. Diese Szene hier draußen, vor allen Leuten. Wer ist hier die Erwachsene?, spornt die innere Stimme mich an.

»Nein, danke!«, würge ich den Typen ab.

Und zu meinem Sohn: »So, vorbei. Wir gehen jetzt rein. Das hast du nun davon!«

Unsanft ziehe ich ihn am Arm ins Haus. Lasse Laufrad und Helm draußen liegen.

Ich schmeiße die Tür hinter mir zu, lasse das kreischende Knäuel auf dem Flurboden liegen und rutsche an der Haustür hinunter.

Nun heulen wir beide.

Du brauchst nicht heulen. Du hast nichts falsch gemacht. Er muss lernen, auf dich zu hören und ein Nein zu akzeptieren, redet mir die Stimme ins Gewissen.

Ich versuche, sie mit letzter Kraft abzuschütteln. Nicht so. Das ist nicht mein Weg. So will ich nicht sein. Und so lernt er rein gar nichts. Außer, dass sein Wille nichts zählt. Außer Angst. Vor mir, seiner eigenen Mutter, die doch sein sicherer Hafen sein muss.

Papperlapp!, sagt die Stimme. *Ein bisschen Strenge hat uns doch auch nicht geschadet. Das hat er so schnell wieder vergessen. Du musst durchgreifen!*

Ich schluchze mit meinem Sohn um die Wette. Fühle mich zum Kotzen. Wie die größte Versagerin auf diesem Planeten.

Hoffentlich hören uns die Nachbarn draußen nicht immer noch. Die denken jetzt alle, ich krieg's nicht auf die Kette. Das arme Kind, mit so einer Mutter!

Nein, stopp! Ich zwinge mich, tief einzuatmen und langsam wieder aus.

Und noch mal.

Und noch mal.

Bis der Orkan in meinem Kopf sich legt.

Du hast die Kontrolle.

Nicht die anderen.

Nicht das Vorgelebte.

Nicht der Druck von außen und innen.

Nur du.

Dann ziehe ich meinen Sohn auf meinen Schoß. Er zittert richtig. Ich umarme ihn fest, streiche ihm über den Kopf und summe sein Lieblingslied. Ich sage gar nichts, halte ihn nur, bis sein Schreien verebbt, er nur noch wimmert und schließlich an seinem Daumen lutscht.

Unser beider Herzschlag beruhigt sich.

Wir gehen zusammen durch den Sturm.

Nach einer halben Ewigkeit sind wir beide erschöpft.

»Es tut mir leid. Mama hätte dich nicht anschreien dürfen. Das war gemein von mir.«

Er reagiert nicht. Ich weiß auch nicht, ob er versteht, was ich meine. Aber mir ist es wichtig, mich zu entschuldigen. Auch vor mir selbst.

»Sollen wir was trinken?«

Sein Köpfchen nickt.

»Und vielleicht ein Hab-dich-lieb-Keks?«

Er nickt wieder.

»Dann los.«

Ich trage ihn ins Wohnzimmer, schließe die Tür und die letzte halbe Stunde bleibt draußen. Ich würde gern auch die Stimme in mir und das schlechte Gewissen draußen lassen.

Wenn das mal so einfach wäre.

Aber morgen ist ein neuer Tag.

Ein neuer Versuch.

Das Richtige zu tun.

Glastag

»Luna, bleib!«

Miriam hebt den Kinderwagen über die Türschwelle. Die Räder verkeilen. Sie stößt sich den Ellbogen am Türrahmen.

»Luna, nicht auf die Straße. Komm her, Leine an.«

Sie leint den Hund an, zieht die Mütze auf den Kindskopf, löst die Bremse, schaut zum ersten Mal auf und setzt sich in Bewegung.

Stimmt, heute ist Glastag. Sie darf nicht vergessen, den Korb nachher hinauszustellen.

Bei Müllers ist der Glaskorb voll mit Babygläschen. Das Bild kennt sie. In ihrer Vorstellung einer erfüllten Mutterschaft sah sie sich immer frischen Brei kochen. Äpfel, Kürbis, Pastinake. Und dann schön portionsweise einfrieren.

In der Realität landete der liebevoll pürierte Mutti-Brei wahlweise auf dem Boden, ihrem T-Shirt oder im Haar. Andere Mütter würden lachen. Sie frustrierte es, wie viel Mühe sie sich gab, immer wieder. Aber alles wurde undankbar ausgespuckt. Außer Hipp-Babymenü. Für kleine Feinschmecker.

Sie stülpt die Tüte über ihre Hand und bückt sich. Es schmerzt im unteren Rücken.

»Luna, sitz! Zieh nicht so.«

Sie hält am Mülleimer vor dem Haus der Schmitts. In deren Korb liegen Nutella-Gläser, Cola-Flaschen und Uncle Bens Fertigsoßen.

Sie sieht an sich herab: ausgetretene Wanderschuhe, Jogginghose, Kapuzenpulli. Die Weste geht über ihrem After-Baby-Bauch schon gar nicht mehr zu. Früher wäre sie nie so vor die Tür gegangen. Jetzt meidet sie Spiegel und Waage. Ebenso körperlichen Kontakt zu ihrem Mann. Wie soll auch ein Feuer entfachen, wenn sie sich selbst abstoßend findet? Abgesehen davon hat sie nach einem Tag, an dem das Kind ständig an ihr zerrt, ihr blaue Flecke in die Arme kneift oder sie in den Bauch tritt, einfach keinen Bock mehr, berührt zu werden. Sie braucht ihren Körper auch mal für sich.

Sie lenkt den Wagen an einem Korb vorbei, der mitten auf dem Gehweg steht. Bei Meiers war wohl wieder Party. Der Korb quillt über mit Weinflaschen, Bier, Sekt, und ganz unten auch härtere Sachen, aber was genau, sieht sie nicht. Sie kann schließlich nicht anhalten und unverfroren drin herumkramen.

Party. Klar, die haben auch noch keine Kinder. Die können tun und lassen, was sie wollen. Wann sie wollen. Mit wem sie wollen. Wann war sie zuletzt auf einer Party? Sie grübelt. In einem anderen Leben. Wie schön wäre es, wieder ausgelassen zu sein? Unbeschwert. Wo keine zehn Kilo Gewicht sie vom Fliegen abhalten.

»Schatz, lass mal bitte die Mütze auf. Es ist kalt.«

Sie rückt die Mütze zurecht und stopft die Kinderhändchen in den Fußsack, wo sie circa fünf Sekunden bleiben.

Sie wickelt die Leine zweimal um ihre Hand. Von Weitem ein anderer Hund.

»Luna, Fuß!«

Doch das ist verlorene Liebesmüh.

»Luna, nein! Bleib hier. Luna!«

Der Hund zerrt hin und her, sie kann ihn kaum halten.

»Nur mal kurz Hallo sagen?«

»Nein, bitte nicht. Gehen Sie einfach weiter.« Sie beißt sich auf die Lippen. Unhöflich.

Ihr Hund will dem anderen hinterher. Sie wird ruckartig zurückgezogen. Der Kinderwagen kippt über den Bordstein. Mit einem Knie steuert sie gegen. Den Arm halb ausgekugelt.

»Luna! Jetzt hab ich aber genug. Komm sofort her, du dumme Töle!«

Aus Wut tritt sie den Hund in die Seite. Ein Jaulen geht durch die stille Nachbarschaft. Sofort fühlt sie sich schlecht. Sie dreht sich um. Hat das jemand gesehen?

Sie bückt sich und nimmt Luna in den Arm.

»Tut mir leid, Süße. Das wollte ich nicht. Aber wenn Mama sagt, du sollst bleiben, dann musst du auch hören. Okay?«

Warum muss es immer so anstrengend sein? Tagein, tagaus. Sie kann nicht mehr. So tun, als würde ihr das alles immense Freude bereiten. Und von Wollen ist sowieso schon lang nicht mehr die Rede. Wenn sie zurückspulen könnte, sie würde es tun.

Aber Mark wollte ein Kind. Und sie wollte ihn. Sie wusste, bald wäre der Zug abgefahren für sie. Doch sie ahnte nicht, dass der Zug eigentlich davonfährt, sobald das Kind da ist. Ohne sie.

»Hallo, Miriam!« Eine Blondine im schicken Mantel winkt.

»Hi, Nicole. Alles gut?«

»Ja, alles bestens. Und bei euch?«

»Muss.«

»Och Mensch, Miri. Nicht so negativ! Umarme den Tag.«

Sie zwingt sich zu einem Lächeln. »Sicher, sicher. Sorry, schlechte Nacht gehabt.«

Die Blondine lacht und nickt verständnisvoll. »Ja, ja, natürlich. Am Anfang ist es anstrengend. Aber das geht vorbei! Es ist alles nur eine Phase.«

»Hm. Du, ich muss weiter. Schönen Tag noch.«

»Dir auch, Miriam. Tschühüß!«

Alles nur eine Phase. So ein Quatsch. Es reihen sich Phasen an Phasen. Ist die eine vorbei, kommt die nächste. Die Nachts-Hunger-Phase, die Zähne-Phase, die Trotz-Phase.

Ein Kinderleben besteht aus Phasen, gemacht, um die Mama zu quälen.

Und wie lange soll dieser Anfang eigentlich dauern? So kann es doch nicht für immer weitergehen. Eingesperrt in einem unsichtbaren Käfig. Und wenn sie ausbricht? Sie könnte den Kinderwagen zu ihrer Mutter schieben.

Mir geht es nicht gut, kannst du?

Dann ins Auto steigen und verschwinden. Neu anfangen. Vielleicht noch einen Zettel auf den Küchentisch.

Mark, ich kann nicht mehr. Es tut mir leid, aber das ist nichts für mich.

Nein, das klingt zu abgedroschen.

Mark, du musst mich nicht verstehen. Aber die Frau, die du geheiratet hast, gibt es nicht mehr. Du bist besser dran ohne mich.

Zu theatralisch.

Mark, jetzt bist du an der Reihe. Ciao.

Zu herzlos.

Ganz in Gedanken fährt sie gegen einen Korb und hält inne. Scherben. Eine Vase. Tausend Splitter. Bildeten früher einmal etwas Schönes, doch sind nun nur noch Bruchstücke einer vergangenen Zeit.

Sie starrt unverfroren auf das Grab aus Erinnerungen. Unfähig, sich zu bewegen. Der kalte Wind fegt ihre Wange entlang. Als sie die Hand daran legt, fasst sie in einen nassen Tränenspiegel.

Moritz quiekt, schaut sie aus blauen Babyaugen an, hält ihr die Patschehand hin und beginnt leise zu summen. Ein sanftes Schlaflied, das sie beruhigen soll.

Sie beugt sich zu ihm hinunter und streichelt sein weiches Gesicht. »Mama ist da, mein Liebling.«

Als sie wieder zu Hause ankommt, stellt sie noch schnell den Glaskorb vors Haus. Darin liegen eine leere Flasche

Olivenöl, Rioja und ein Glas mit ausgebrannten Kerzenstumpf und der Aufschrift:

Für die beste Mutter der Welt.

Ein Drama

Personen
ER, Vater, Büroangestellter
SIE, Mutter, Hausfrau
Peppo, Hund der Familie

Ort
Vorstadt, am abendlichen Essenstisch. Die Kinder schlafen. Peppo steht am Napf und leckt in der leeren Wasserschale.

ER: Na, Peppo, hast du nichts mehr zu trinken? Du Armer!
Er rührt sich nicht.
SIE *stochert in den Nudeln herum und hält sich mit einer Hand den Kopf, mit gequältem Gesichtsausdruck:* Heut war's zäh beim Einschlafen. Sie wollten nicht.
ER *abwesend:* Hm... *Sein Blick schweift aus dem Fenster.* Wir sollten auch langsam mal wieder Unkraut jäten. Wächst ganz schön.

Sie lacht spöttisch.

ER: Nicht?

Sie nickt, sagt nichts.

ER: Wann ist jetzt eigentlich das Elterngespräch im Kindergarten?
SIE *zuckt mit den Schultern:* Wolltest du nicht einen Termin machen? Wegen der Arbeit? Mir ist egal, wann. Bin ja eh zu Hause.

ER *runzelt die Stirn:* Dachte, du machst das. Hatten wir doch gesagt.
SIE, *tonlos*: Nee.
ER: Wie nee?

Sie steht auf und bringt ihren leeren Teller in die Küche, macht die Spülmaschine auf, räumt ein.

ER *ungeduldig*: Machst du das dann bitte? Du hast ja meinen Arbeitskalender.

Sie scheppert dreckiges Kindergeschirr und benutzte Kaffeetassen aus der Spüle in die Spülmaschine, geht zurück zum Tisch, nimmt den halb leeren Teller ihres Mannes, bringt ihn in die Küche.

ER, *pikiert*: Hey, ich war noch nicht fertig.

Sie leert den Teller ungerührt im Mülleimer, räumt ihn in die Spülmaschine. Peppo stürzt sich auf daneben gefallene Essensreste.

ER, *lauter*: Wenn du den Teller auf die rechte Seite stellst, wird das Geschirr nicht richtig sauber, dann dreht der Spülarm sich nicht, hab ich dir schon tausendmal gesagt.

Sie presst die Zähne aufeinander, bis ihr Kiefer knirscht, stellt die Teller auf die linke Seite der Maschine, holt einen Spültab raus, schaltet die Maschine an, schlägt die Tür schwungvoll zu. Peppo, der noch dabei war, sich die Schnauze zu lecken, erschrickt.

ER: Was ist denn schon wieder los mit dir? Jeden Abend ziehst du so eine Fleppe. Dabei will ich mich auch mal entspannen. Ständig diese schlechte Stimmung hier. Mann!

SIE *ruft, ohne sich zu ihm umzudrehen*: Na dann wird es dich freuen, dass du morgen den ganzen Abend deine Ruhe hast. Ich geh zum Yoga!
ER *zögerlich*: Und wer bringt die Kinder dann ins Bett?
SIE *dreht sich, geht langsam auf ihn zu*: Dreimal darfst du raten.
ER: Wie soll das gehen? Die sind doch total fixiert auf dich!
SIE *verschränkt die Arme vor der Brust*: Kannst ja deine Mutter fragen, ob sie dir hilft.
ER *kratzt sich am Kopf*: Du weißt genau, dass sie ... also, was sie ... dann sagt.
SIE *kichert gehässig*: Wie auch immer. Das kriegst du schon hin.
ER *panisch*: Und wenn ich länger arbeiten muss?
SIE *sarkastisch*: Dann hast du Gesellschaft im Büro. Die Kinder sind ganz lieb. Vor allem abends.
ER *von oben herab*: Du kannst dann ja schlecht einfach gehen, ne?
SIE *setzt sich seitlich auf den leeren Tisch und stützt eine Hand auf die Tischplatte:* Wetten?

Er starrt sie an.
Sie starrt zurück.
Er erhebt sich.
Sie auch.

ER *räuspert sich, setzt sich in Bewegung*: Ich geh jetzt erst mal aufs Klo.
SIE *inspiziert ihre Nägel*: Weißt du, ich habe vor Kurzem ein Buch gelesen von einer Frau, die eines Tages beim Abendessen mit der Familie einfach aufgestanden ist, ohne ein Wort, die Balkontür geöffnet und sich über die Brüstung gestürzt hat. Da hat der Mann nicht schlecht geguckt.
ER *hält in der Bewegung inne*: So ein Quatsch. *Verlässt den Raum.*

Sie steht auf, geht in die Küche, schenkt sich ein Glas Wein ein, betrachtet es andächtig, schwenkt es hin und her. Peppo schmiegt sich an ihr Bein, schenkt ihr einen Hundeblick, in der Hoffnung, dass sich etwas Essbares in ihrem Glas befinden könnte.

SIE tätschelt Peppos Kopf: Tut mir leid, Kumpel. Da musst du dein Herrchen bezirzen. Ich sorge hier schon für drei gestopfte Mäuler.

Kurze Zeit später vibriert ihr Handy. Eine Sprachnachricht.

ER *in der Sprachnachricht*: Klopapier ist alle.
SIE *grinst, nimmt genüsslich einen Schluck, lässt die Lippen ploppen, drückt auf den Aufnahmeknopf*: Du weißt ja, wo es liegt.

Kampf gegen den Keim

Sie schaut auf die Uhr. Dreiunddreißig Minuten sind vergangen. Die Küche stinkt nach Chemie. Und das, obwohl sie die Terrassentür weit geöffnet hat.

Dreiunddreißig Minuten müssen reichen. Sie krempelt die Ärmel hoch, schnappt sich einen Schrubber und tritt nah an die Spüle heran. Wollen wir doch einmal sehen, wer hier das letzte Wort hat.

Sie schrubbt, bis die gesamte Spüle unter Schaum steht. Da KANN kein Fleckchen Kalk mehr überleben. Alles hat sie schon probiert: Entkalker, Natron, Zitronensäure. Nichts hat gewirkt. Warum hat sie sich überreden lassen, eine anthrazitfarbene Spüle zu wählen? Darauf sieht man jeden noch so kleinen Fleck.

Sie spült alles mit reichlich Wasser ab und geht noch einmal mit einem trockenen Lappen drüber. So, jetzt muss sie warten, bis es getrocknet ist. Denn sie hat schon einmal geglaubt: Ha, alles blitzt und glänzt, sie hat es geschafft. Und nach ein paar Minuten sah es wieder so ranzig aus wie vorher.

Sie schaut auf die Uhr. Gleich muss sie die Kinder abholen. Erst die Kleine, dann den Großen. Sie könnte eben die Waschmaschine anschmeißen. Oder den Müll rausbringen. Oder fix die Toilette putzen.

Aber sie will das Ergebnis sehen. Wenn sie als Siegerin aus diesem Kampf hervorgeht, will sie von Anfang an dabei sein. Sie lässt die Fingerkuppen über die Arbeitsplatte trommeln und geht in Gedanken die heutige To-do-Liste durch:

Kinder abholen.

Bei der Mutti von der Kleiderbörse anhalten. Die hat ein paar gebrauchte Jogginghosen für den Großen.

Kurz in den Supermarkt. Dabei dafür sorgen, dass die Kinder weder sie noch andere Mitmenschen um den Verstand bringen.

Nach Hause kommen, Einkäufe wegräumen. Alles auffangen und einsammeln, was die Kinder durch die Gegend werfen.

Oh, richtig: Auf keinen Fall im Supermarkt vergessen, Kekse für den Kindergarten zu holen, morgen ist da Frühlingsfest. Für mehr als Kekse reicht ihr Nervenkostüm nicht. Mit dem schlechten Gewissen wird sie leben müssen. Sie setzt sich eine Erinnerung ins Handy, vielleicht bekommt sie ja ausnahmsweise mit, wenn der Alarm angeht.

Was noch?

Mit dem Hund Gassi gehen. Samt Kindern, die darauf mit Sicherheit keine Lust haben und vor Müdigkeit nörgelig sein werden. Was muss, das muss. Notfalls mit medialer Hilfe.

Abendessen kochen.

Abendessen wegschmeißen, weil die Kinder es nicht oder nur anteilig essen werden. Vorher einen Teil einfrieren, für später.

Kinder ins Bett bringen. Heute allein, Max ist beim Kegeln.

Vermutlich doch einen Kuchen backen, weil ihr schlechtes Gewissen siegt oder sie den Alarm überhört hat.

Sie ist so in Gedanken, dass sie glatt vergisst, auf die Spüle zu stieren. Das gibt's doch nicht, da sind immer noch weiße Wasserflecken und ein Rand unter dem Wasserhahn. Dieser miese, kleine ...

Sie schnappt sich den Schrubber und bearbeitet die Ränder erneut. Sicher könnte sie die Zeit sinnvoll für andere Sachen nutzen. Aber sie möchte wenigstens diese eine Sache zu Ende bringen. Sie weiß schon, selbst wenn die Reinheit ihren Ansprüchen genügen würde, sähe es in einer Woche wieder so aus wie vorher. Diese Penetranz ist absolut unsinnig. Aber darum geht es ihr nicht: Sie braucht dringend das Gefühl, dass sie sich nicht immer mit Halbgarem zufriedengibt. Dass sie nicht zu schnell aufgibt, abwinkt und hinnimmt, was ihr nicht gefällt. Nur diesen einen Kampf möchte sie gewinnen.

Und deshalb greift sie jetzt nach dem Stahlschwamm und schrubbt, was das Zeug hält. Bis ihr der Schweiß auf der Stirn steht, die Fingerknöchel weiß anlaufen und das Haar wirr ins Gesicht hängt.

»Argh!«, stöhnt sie und atmet kraftvoll aus. Sie schluckt herunter, was ihr schon lange auf der Seele brennt, und pfeffert den Schwamm in die Ecke.

Hastig geht sie zum Kühlschrank, nimmt sich eine Dose Cola – scheiß auf die Kalorien, bestimmt hat sie gerade eine Million davon verbrannt – und kippt die Hälfte in einem Zug hinunter.

So. Wenn jetzt noch Kalk übrig ist, dann ist sie einfach ... unfähig. Muss sich geschlagen geben und hinnehmen, dass das nun ihr Leben ist: eine Anreihung von Niederlagen.

Sie trinkt die andere Hälfte und geht zur Spüle. Sie wäre gern so cool, die Dose mit der Hand zu zerknüllen und in den Müll zu feuern, aber da ist ja Pfand drauf. Also dreht sie sie um, lässt die restlichen Tropfen in das Spülbecken laufen und da sieht sie es: tiefe Kratzer im dunklen Grau, kreuz und quer.

Ein Witz

»Ich ziehe mich schnell um, bin von der Fahrt ganz verklebt«, ruft Monia Riko zu, der die letzten Sachen aus dem Auto in die Ferienwohnung bringt. Endlich Urlaub! Und Riko ist die ganze Zeit dabei. Vier Tage Quality-Time für Papa und Me-Time für Mama.

Voller Euphorie zieht sie das dreckige T-Shirt über den Kopf und schmeißt es in die Ecke. Sie schaut aus dem Fenster. Die Sonne lacht, kleine Wattewolken schmücken den blauen Himmel, die Wiese vor dem Haus ist noch sattgrün. Die Wälder färben sich in Braun, Gold, Rot, Dunkelgrün. Es sieht aus wie im Märchen. Zum ersten Mal seit langer Zeit hüpft ihr Herz in der Brust freudig auf und ab.

Sie dreht sich ungezügelt um und erstarrt.

An der geschlossenen Zimmertür hängt ein Spiegel und zeigt ihr die ungeschminkte Wahrheit. Monatelang hat sie vermieden, in den Spiegel zu schauen, vor allem, wenn sie nackt oder oben ohne war. Und jetzt passiert es in einem Moment der Unachtsamkeit.

Sie hat nur kurz hingeschaut und dennoch genug gesehen. Abscheu steigt in ihr hoch. Der wabbelige Bauch mit der hässlichen Narbe, die unterm Höschenbund hervorlugt. Der hängende Busen im fleckigen Still-BH. Die krumme Haltung von den Rückenschmerzen.

Unter ihren Augen erstreckt sich das Ergebnis monatelanger schlafloser Nächte: tiefe schwarze Ringe, die der beste Abdeckstift nicht kaschieren könnte. Aber wem macht sie etwas vor? Ihr Make-up ist inzwischen eingetrocknet, so lange hat sie es nicht mehr benutzt.

Vielleicht sollte sie doch diese Zehn-Minuten-Workouts

abonnieren, die ihr auf Instagram immer vorgeschlagen werden. *Zehn Minuten am Tag genügen. Man muss nur machen!*, schreiben die.

Sie stöhnt. Sie hat keine zehn Minuten am Tag; ohne Kind.

Oder sie nimmt direkt so ein Mommy-Makeover. *Wir helfen Ihnen, sich wieder wohl in Ihrer Haut zu fühlen und Ihr Selbstbewusstsein zurückzugewinnen*, steht da. Und daneben vielversprechende Vorher/Nachher-Bilder strahlender Muttis Mitte zwanzig, top gestylt, das Baby entspannt auf der Hüfte.

O Gott, was, wenn Riko sich bald so eine sucht? So ein junges Ding, das sich nicht so gehen lässt. In engen Wunder-po-Hosen, die nix hochdrücken oder wegshapen müssen. Da braucht nur eine an Riko vorbeizutänzeln und schon springt er an. Vor allem mit der aufgestauten Lust der letzten Monate.

Sie blinzelt eine Träne weg. Dann sitzt sie mit Kind allein da.

Nein, so weit darf es nicht kommen. Sie muss was tun! Hastig greift sie nach ihrem Handy, öffnet die App und scrollt durch den Feed. Wo waren die gleich? Hier: *Cosmetic & Plastic Surgery*. Was, so teuer ist das? Wo soll sie das Geld dafür hernehmen? Ihr Elterngeld reicht ja kaum für die Windeln. Sie hat zwar Rücklagen, aber soll sie da wirklich dran? Die waren doch für ihre Altersvorsorge gedacht. Andererseits, wenn sie Riko verliert, wird sie das hohe Alter sowieso nicht mehr erreichen.

Sie klickt auf den Link. Nur ein bisschen Hüftgold wegmachen, den Bauch straffen. Ob Riko das gefällt? Oder würde er sie auslachen für diese Witzidee?

Sie pfeffert ihr Handy aufs Bett, stemmt die Hände in die Hüften, geht ganz nah heran an den Spiegel. Wütend faucht sie: »Ja, genau, ein Witz bist du! Krieg dich mal in den Griff! Andere Mütter können das doch auch.«

Als ihr Spiegelbild nicht antwortet, lässt sie die Schultern sinken und zupft am Haarflaum, der langsam nachwächst und wild absteht. Damit sieht sie aus wie eine Haare raufende Wahnsinnige, frisch aus der Klapse. Aber vielleicht ist sie das sogar.

Sie schüttelt verachtend den Kopf. Nein, diese Frau ist nicht Monia Whanau, die attraktive, energetische Powerfrau, nach der sich die Männer die Finger lecken. Diese Frau ist lächerlich. Niemand würde sich nach ihr umdrehen.

Sie schnappt sich ein großes Handtuch, wirft es über die Tür, doch es fällt hinunter, wodurch ihr Blick wieder die Fratze im Spiegel streift.

Sie seufzt. Verübeln könnte sie es Riko nicht.

Abschied

»Pass auf dich auf, ja?«

Ich ziehe sie fest in meine Arme und streiche über ihren Rücken. Der Abschied fällt mir jedes Mal schwer, aber dieses Mal noch mehr, weil ich weiß, wie schlecht es ihr geht.

Ich möchte sie am liebsten gar nicht loslassen.

Sie löst sich von mir. In ihren Augen glitzern Tränen. Sie nickt tapfer. »Und du, pass mir auf die Rasselbande hier auf.«

Ich lache. Aber es ist nur ein halbherziges Lachen. »Bist du sicher, du kommst zurecht?«

Sie seufzt. »Na sicher. Muss ja.«

Ich halte sie an den Armen fest. Irgendwie mag ich mich noch nicht von ihr trennen.

»Aber du weißt, du kannst immer wiederkommen. Jederzeit!«

Sie streichelt mit dem Daumen über meinen Arm. »Klar weiß ich das. Wir wiederholen das ganz bald!«

Ich drücke sie noch einmal fest an mich und flüstere ihr ins Ohr: »Ich hab dich lieb.«

Schweren Herzens lasse ich sie los.

Sie nimmt ihren Koffer und öffnet die Tür. »Ich dich auch. Bis ganz bald, meine Liebe!«

Ich verabschiede mich. Die bittere Säure kriecht meine Kehle hinauf. Ich blinzele die ersten Tränen weg. Sie braucht meinen Kummer jetzt nicht zu sehen.

Sie winkt mir zum Abschied zu und steigt in ihr Auto.

Erst gestern hat dieses Auto vor unserer Haustür gehalten, sie stieg freudig aus, mein Sohn sprang an ihr hoch, wie er es immer tut, wenn er sie sieht, und ich kam aus dem Strahlen nicht mehr heraus. So lange hatten wir uns nicht mehr gesehen. In der Zwischenzeit kam ein Baby zur Welt, das nun darauf wartete, das letzte Familienmitglied kennenzulernen.

Denn für mich ist sie Familie. Wir haben alles miteinander durchgemacht: den härtesten Liebeskummer, die dümmsten Idioten, die große Liebe, sogar in einer WG haben wir gelebt – sie kennt alles an mir. Und ich alles an ihr. Dachte ich zumindest. Aber an diesem Tag habe ich ihr nichts angemerkt.

Selbst noch nicht, als wir uns auf der Couch niederließen, mein Sohn mit den mitgebrachten Geschenken spielte und das Baby friedlich auf ihrem Arm einschlief.

Erst, als sie sagte: »Ich muss dir was erzählen«, und ihre Stimme am Ende wegbrach, da stieg eine schlimme Vorahnung in mir auf.

Und so saß sie inmitten des größten Glücks und war selbst todunglücklich.

Ich wollte ihr schon das Baby abnehmen, damit sie sich nicht noch schlechter fühlte, weil ich hatte, was für sie wieder in unerreichbarer Ferne schien.

Aber sie sagte: »Lass mal. Ihr ruhiger Atem ist so schön friedlich und beruhigend. Sie ist so weich und bezaubernd, da kann man ja fast nicht mehr traurig sein.«

Fast.

Sie hat es nicht verdient. Aber wer hat das schon?

Und nun stehe ich hier an der Türschwelle und sehe zu, wie sie geht.

Wenn ich ihr doch helfen könnte. Oder zumindest für sie da sein. Ich würde mit ihr fahren, ihr Anker sein, würde alles regeln und sie nicht alleinlassen. Stattdessen hänge ich hier fest und hatte nur einen Tag, um ihr meine Schulter anzubieten. Ein Tag ist doch nichts.

»Warte«, rufe ich.

Sie kurbelt das Fenster herunter und beugt sich heraus.

Ich schlucke schwer. Ich kann es doch nicht ändern. Ich

kann nicht mitfahren und hier alles zurücklassen. Mein Baby ist vier Wochen alt. Ich kann nicht weg. Sosehr ich es auch will, um meiner *Sister from another Mister* die Stütze zu sein, die sie jetzt so nötig braucht.

Wie so oft in letzter Zeit fühle ich mich zerrissen und komplett fremdbestimmt. Einerseits liebe ich meine Familie, würde sie nie im Stich lassen, andererseits muss ich genau das, egal, für wen ich nun da sein will. Und als Mutter kann man nicht einfach tun, wozu man Lust hat. Man wird gebraucht. Aber was, wenn ich an anderer Stelle genauso gebraucht werde? Für wen soll ich mich da entscheiden?

»Was denn, Süße?«, ruft sie aus dem Auto.

Ich seufze und quäle ein Lächeln hervor. »Fahr vorsichtig!«

Sie streckt den Daumen hoch und winkt ein letztes Mal.

Noch eine Weile schaue ich dem Auto hinterher, das man längst nicht mehr sehen kann, bis ich von drinnen höre, wie mein Kind nach mir ruft, und langsam die Tür schließe.

Heul leiser

Endlich. Endlich schläft das Baby in meinem Arm. Der große Bruder kommt vom Garten hinein, ich will noch rufen: »Lass nicht das Insektengitter zufallen«, doch da war es schon geschehen. Ich beiß mir auf die Zunge, er kann es nicht besser wissen.

Er kommt fröhlich zu mir, will mir irgendwas zeigen. Aber ich zische: »Psssst, deine Schwester schläft.«

Als Reaktion kreischt er schrill. Meine Uhr meldet eine Lärmbelästigung in meiner Umgebung, die zu Hörschäden führen kann.

Das Baby schreckt auf, starrt mich mit blankem Horror in den Augen an, bevor es rot anläuft und das Gesicht zu einer Grimasse verzieht. Wieder eine gehörschädigende Umgebung.

Mein Puls schellt genauso hoch wie das Barometer meiner Uhr. »Was soll das denn?«, fauche ich meinen Sohn an. »Ich hab doch gesagt, du sollst leise sein!«

Er zuckt erschrocken zusammen und rennt in den Garten. Ich habe keine Zeit, mich jetzt um ihn zu kümmern. Das Baby schreit.

Manchmal werde ich so fuchsteufelswild. Ich tue doch schon alles. Denke an alles. Was denn noch?

Gewalt fängt schon beim Schimpfen an, habe ich am Tag der gewaltfreien Erziehung gelesen. Schimpfen, ruppig sein, Macht ausnutzen - alles Gewalt, an der kleine Kinderseelen leiden.

Habe ich nun meiner kleinen Kinderseele wehgetan? Tränen der Überforderung, Reue und Verunsicherung steigen mir in die Augen.

Ich will so ja gar nicht sein. Weiß, dass nicht er das Problem ist, er nichts dafür kann. Das Problem liegt ganz woanders: in dem Druck, der auf meinen schmalen Schultern lastet. Dem Druck, alles richtig zu machen. Dem Druck, keine schlechte Mutter zu sein. Und dieser Druck, ja, der kommt auch durch solche Tiraden. Denn welche Mutter will ihrem Kind schon Gewalt zuführen? Und wenn Schimpfen auch Gewalt ist – mein Gott, wie oft habe ich ihm schon wehgetan?

Also entschuldige ich mich bei meinen Kindern. Damit sie lernen, dass mein Verhalten auch nicht immer richtig ist. Dass auch Mama und Papa sich nicht immer zusammenreißen können. Ja, das ist falsch. Wir müssen ihnen ein gutes Vorbild sein. Sie lernen, was sie sehen.

Aber ich bin nicht perfekt. Ich bin ein Mensch. Ich kann nicht immer beherrscht bleiben, mein Ton ist auch mal schroff, meine Hand ruppig. Und wenn mir der Geduldsfaden reißt, nutze ich meine Überlegenheit aus und mache einfach.

Ist das geil? Nein.

Ist das menschlich? Schon.

Es ist es mein persönlicher Daily Struggle, allen Kindern die Aufmerksamkeit zu schenken, die sie brauchen und verdienen. Kein Kind zu benachteiligen und von keinem mehr zu erwarten, als in ihrem Alter überhaupt möglich ist. Allen zu zeigen, dass Mama für sie da ist und sie lieb hat.

Aber manchmal, ne? Manchmal hätt ich gern Oktopusarme und Hydraköpfe, um überall gleichzeitig sein zu können, wo ich gerade gebraucht werde... Denn entgegen der verbreiteten Annahme läuft bei uns das zweite Kind nicht einfach so mit.

Wir tun alle unser Bestes. Aber unfehlbar sind wir nicht. Das macht uns noch lange nicht zu gewalttätigen Eltern.

Es müsste viel mehr gejammert werden

Nachts um 3 beim Stillen

Ich öffne die To-do-Notiz in meinem Handy. Mir verschwimmt die Sicht, meine Augen wollen sich noch nicht öffnen. Trotzdem muss ich eben den Gedanken loswerden, sonst schwirrt er mir noch im Kopf herum, wenn das Baby fertig ist und ich schlafen könnte. Ich überfliege die vorhandenen Einträge:

noch Wasserschuhe besorgen.
noch ein Fotoalbum für die Kita basteln
noch einen Termin zur Inspektion machen
noch ein Geschenk für die kleine Baby-Nichte besorgen. Und abschicken
noch die Brille richten lassen, auf die der Sohnemann getreten ist
noch den neuen Kreativ-Tonie bespielen
noch das Kleiderpaket von der Nachbarin abholen
noch einen Termin für die U7a machen
noch den Autositz für die nächste Größe einstellen
noch Hundefutter nachbestellen
noch die Bücher zur Bib bringen; oder verlängern
noch den Nachweis der Rückbildung an die Krankenkasse schicken
noch die Steuererklärung machen

Und was ist eigentlich mit der Altersvorsorge? Vor drei Jahren angegangen, nie beendet.

Mir fallen die Augen zu, aber ich zwinge mich, sie noch einmal aufzureißen, und tippe mit müden Fingern:

größere Schlafsäcke vom Dachboden holen

»Ich hab keine Lust darauf, alles allein zu regeln und an alles denken zu müssen«, sage – okay schimpfe – ich zu meinem Mann.

»Aber du machst das so toll! Da dachte ich, du machst das gerne.«

Nein, ich mach das nicht, weil ich es so gerne mache. Sondern weil einer es machen muss. Und weil ich weiß, außer mir tut es keiner. Alle verlassen sich auf mich, als hätte ich mit den Kindern auch den Familienhut aus mir herausgepresst. Wer hat den Hut auf? Mama!

Aber nur, weil wir Frauen uns um alles kümmern, ohne zu murren, heißt es nicht, dass es uns nichts ausmacht. Dass unser Kopf nicht kurz vorm Zerplatzen ist! Wir wurden so erzogen, immer hübsch artig zu sein, nicht zickig oder schwierig. Unsere Rolle – uns um Kind & Haus zu kümmern – wurde uns schon von klein auf infiltriert, seit Jahrmillionen. Das war schon immer so, das wird auch immer so sein.

Pustekuchen! Wir müssen nicht den Laden zusammenhalten, nur weil wir zufällig weiblich sind. Der Laden besteht (meistens) aus zwei Erwachsenen. Und der männliche Anteil darf ruhig auch mitanpacken.

Ach so, der geht schon arbeiten? Toll, dafür bekommt er ein Fleißbienchen. Ich gehe auch arbeiten. Ich habe sogar zwei Jobs. Einen im Homeoffice, einen im Home ohne Office.

Auf die Kinder aufpassen ist keine Arbeit? Selbstverständlich ist sie das. Sie wird nur nicht bezahlt. Ich lehne mich mal ganz weit aus dem Fenster und behaupte sogar, sie ist sehr viel anstrengender und forderndr als viele Brotjobs. Manchmal beneide ich meinen Mann dafür, dass er ins Büro fahren darf.

Care Arbeit ist Arbeit. Ich verrichte Aufgaben, die einer Gemeinschaft zugutekommen, die dafür sorgen, dass es der Gemeinschaft gut geht, dass der Laden läuft. Ich kriege nur keinen Gehaltscheck am Ende des Monats.

Warum sollte ich also zwei Jobs verrichten, mich abrackern, Tag für Tag, nichts dafür bekommen als ein paar Pfennige Teilzeitgehalt (oder Elterngeld), nicht einmal in Worte gekleidete Anerkennung? Weil es selbstverständlich ist. Weil Frauen es eben so machen.

Ernsthaft? Wo leben wir denn?

Fünf Mütter aus meinem näheren Umfeld haben bereits eine Mutter-Kind-Kur gemacht, weil ihnen das alles zu viel wird. Fünf! Just saying. Und wehe, einer kommt jetzt mit: *Dann sind sie halt zu schwach.* Oder: *Die Mütter von heute jammern auch viel mehr als früher.*

Zum Glück tun sie das. Es müsste noch viel mehr gejammert werden!

Wellenbad

Ihr Leben ist wie ein Wellenbad. Es sieht von außen lustig aus, aber wenn man einmal drinsteckt, ist es ein Kampf.

Immer wieder fangen die Wellen sie ein, werfen sie um und reißen sie mit. Ein unerbittlicher Strudel. Sie fällt um, kämpft sich hoch, kippt wieder. Schluckt Wasser, wird herumgewirbelt. Bis sie nicht mehr weiß, wo das Wasser flacher wird.

Und dann sind da noch die Kinder. Ihre Tochter streckt sie wie einen Pokal nach oben, den Kopf über der Wasseroberfläche, sie kann ja noch nicht schwimmen. Ihr Sohn klammert sich an sie und drückt ihren Kopf unter Wasser.

Sie sucht mit den Füßen festen Stand, aber alles ist so rutschig. Und immer, wenn sie glaubt, die Kontrolle zurückzugewinnen, kommt die nächste Welle, die nächste Ladung Wasser, der nächste K.O.-Schlag.

Wo sind die Kinder? Schnell die Kleine nach oben, bloß nach oben mit ihr. Und der Große? Hat er's geschafft? Sie sieht ihn nicht mehr, ihre Sicht verschwimmt im Gesprudel.

Sie greift fahrig um sich. Irgendwo hier muss es doch einen Halt geben, eine Wand, eine Hand, irgendwas. Sieht keiner, wie sie sich hier abmüht?

Sie weiß, sie müsste aufhören, so zu strampeln und zu kämpfen. Würde sie sich gleiten lassen, würde sie oben treiben. Mit den Wellen, ganz sanft. Ihre Tochter würde auf ihrer Brust ruhen und leise gluckern. Sie mag leichten Wellengang. Ihr Sohn würde mit ihr treiben, Hand in Hand. Es hätte etwas Harmonisch-Beruhigendes. Und vielleicht sogar würde sie es genießen.

Doch so einfach ist es nicht, das Loslassen. Schließlich

stehen alle am Beckenrand und schauen zu, wie sie untergeht. Sie kichern und wispern etwas hinter vorgehaltener Hand, das sie in dem Getöse um sie herum nicht versteht. Da! Durch den Wasserspiegel erkennt sie sogar einen roten Rettungsring, aber keiner wirft ihn ihr zu.

Mit letzter Kraft fuchtelt sie herum, die Tochter als Notrakete in der Luft, und brüllt: »Hilfe! Ich komm hier nicht allein raus. Der Druck ist zu hoch.« Da erfasst sie eine aufbrausende Welle und reißt sie mit sich.

Sie lässt sich fallen in die Schwerelosigkeit, genießt die taube Stille um sie herum. Das Wasser legt sich wie eine Decke um sie herum und hüllt sie ein. Das Gewicht zieht sie nach unten. Diese Erleichterung. Warum hat sie das nicht schon früher getan? Wofür das Ganze?

Und gerade, als die nächste Welle ihren Kopf gegen den Beckenrand schleudern und ein letztes Aufgebehren verhindern will, fasst eine Hand ihren Unterarm und zieht sie aus dem Wasser. Sie kneift ihre Augen zusammen, so hell, so grell. Wasser weicht aus ihrem Mund, sie prustet und japst, wischt sich übers Gesicht. Orientierungslos starrt sie um sich, wo sind die Kinder? Bis ihr Blick in bekannten, aber besorgten Augen hängenbleibt.

»Was machst du denn? Du kannst doch schwimmen!«

Wenn du grad
Zeit für dich brauchst

Eine Ewigkeit

Sie dreht den Kopf zur Sonne und schließt die Augen. Die ersten Frühlingsstrahlen wärmen ihr die Wangen, auf die sich ein zartes Lächeln gelegt hat. Sie führt den Latte Macchiato an ihre Lippen und genießt es, langsam und genüsslich an ihm zu nippen. In Ruhe.

Sie sitzt mit ihrer Freundin in einem Bauerncafé. Sechs Monate ist es her, dass sie sich zuletzt gesehen haben. Die Entfernung ist zu groß. Und die Zeit vergeht zu schnell.

Sie quatschen über alles und nichts. Für die ernsten Themen ist der Tag zu schön. Sie will sich die kurze Zeit nicht vermiesen. Die Kinder schlafen, sie haben nur diese Mittagsschlafzeit. Allein.

Plötzlich vibriert es in ihrer Hosentasche. Reflexartig zieht sie das Handy heraus und öffnet die Nachricht.

Wann kommt ihr denn?

Sie schaut auf die Uhr. 45 Minuten.

Wieso?

Weil zwei Mäuse hier ungeduldig warten.

Sie runzelt die Stirn.

Sind die schon wach?

Seit fast einer halben Stunde schon.

Sie schreckt auf, nimmt hastig einen großen Schluck und sucht nach der Kellnerin.

Entschuldige. Ich komme sofort.

»Ist was passiert?«, fragt ihre Freundin.
»Die Kinder sind schon wach.«
»Ja und? Sie sind doch nicht allein.«
Ihr Handy vibriert wieder.

Alles mit der Ruhe. Ich hab's erst mal im Griff.

Sie lehnt sich zurück und überlegt. Eigentlich hat sie recht. Schließlich ist sie sonst ja auch allein mit den Kids. Was soll schon passieren? Und auf ein paar Minuten mehr oder weniger kommt es nicht an.

Das heißt: für sie schon. Für sie sind ein paar Minuten eine Ewigkeit.

»Alles gut?«, fragt ihre Freundin.

Sie lächelt. »Ja, alles gut!«

Sie dreht den Kopf wieder zur Sonne, schließt die Augen und atmet tief durch. Noch eben entspannen.

Wenigstens für ein paar Minuten.

Oder eine Ewigkeit.

Ja, sollte ich. Aber ich tu's nicht.

Seit einer Woche tut mir der Fuß weh, weil ich umgeknickt bin.

»Geh mal zum Arzt«, sagt mein Mann.

»Ja«, sage ich.

Aber ich tu's nicht.

Schreibseminar für Autor:innen.

Geil, genau mein Thema.

Da mache ich mit!, denke ich.

Aber ich tu's nicht.

»Du siehst ausgemergelt aus«, sagt meine Mutter. »Lass mal die Kinder beim Papa und tu was für dich.«

»Ja«, sage ich.

Aber ich tu's nicht.

»Wo ist dein Glas?«, fragt mein Mann.

»Hab keins«, antworte ich.

»Du musst mehr trinken«, sagt er.

»Ja«, sage ich.

Aber ich tu's nicht.

»Puh, ich brauch jetzt mal ne Stunde nur für mich!«, sagt mein Mann und verschwindet, nachdem er einen Wutanfall unseres Sohnes begleitet hat.

Würde ich ja auch gern, denke ich.

Aber ich tu's nicht.

Es gibt immer Wichtigeres als mich selbst. Und abends das Kopftheater: Heute schon wieder nicht auf mich geachtet und anderen Dingen den Vorzug gegeben.

Ich würde ja gern sagen: »Morgen ändere ich das. Ab morgen nehme ich mich selbst wichtiger, schaffe Raum für mich, lebe nach der Überzeugung in mir drin: *Ist die Mama glücklich, sind die Kinder es auch.*«

Aber ich weiß schon:
Ich tu's nicht.

Entschuldigung

Mein Mann sitzt frühmorgens mit wimmerndem Baby auf dem Arm vor dem Bett meines Sohnes, der vehement »Kacka Popo« schreit (seine Beschreibung einer vollen Windel).

Ich komme mit Handtuch auf dem Kopf herein und stammele »Entschuldige«, bevor ich ihm schnell das Baby abnehme.

Später am Tag schicke ich ihm eine WhatsApp:

Sorry, aber ich schaffe es heute nicht in die Drogerie. Bringst du bitte Windeln mit?

Mein Sohn will noch eine drölftausendste Runde rutschen, aber das Baby findet die Trage langsam blöd.

»Kommst du bitte?«, rufe ich. »Wir müssen los. Tut mir leid!«

Und am Abend verabschiede ich die Oma mit den Worten: »Vielen Dank für deine Hilfe! Und entschuldige, dass wir dir immer solche Umstände machen.«

Sie antwortet: »Du brauchst dich nicht immer zu entschuldigen. Ich mache das gerne!«

Ich bekomme gar nicht mehr mit, wie oft ich am Tag eine Entschuldigung murmele. Wahrscheinlich so inflationär, dass sie keiner mehr als solche wahrnimmt. Ich entschuldige mich für Dinge, für die ich gar nichts kann. Oder für Dinge, die andere getan haben. Oder für Dinge, bei denen ich im Recht bin. Aber am allermeisten entschuldige ich mich für Dinge, die mein eigenes Wohlbefinden betreffen. Wenn ich mich um mich kümmere, mal nicht für andere da bin, meine eigenen

Bedürfnisse stille. Und wenn es nur die Grundbedürfnisse sind. Herrgott, ich entschuldige mich sogar bei meinen Kindern, wenn ich länger als zehn Sekunden auf dem Klo war.

Ich verspüre auch den Drang, mich zu entschuldigen, wenn ich kräftemäßig am Ende bin. Als ob ich mich für mein eigenes Fehlverhalten entschuldigte.

Entschuldigst du dich denn, wenn du Kopfweh hast? Oder wenn du nach dem Workout mit der Zunge am Boden klebst? Oder wenn du nach einem harten Arbeitstag erschöpft nach Hause kommst?

Nein, weil man sich nicht entschuldigt, wenn es einem schlecht geht und der Körper rebelliert. Das ist selbstverständlich.

Und warum fühle ich mich dann schlecht, wenn mich ein Tag mit den Kindern auslaugt? Warum möchte ich mich entschuldigen, wenn ich Hilfe von außen brauche?

Weil es meine Aufgabe ist, mich zu kümmern. Ich bin die Frau, die Mutter, also kümmere ich mich. Ich beschwere mich nicht. Ich brauche keine Unterstützung. Ich bin glücklich mit dieser mir auferlegten Rolle. Und wenn es mal nicht so ist, entschuldige ich mich. Für mein Fehlverhalten. Für meine Fehlgefühle.

Was dabei immer wieder vergessen wird und irgendwie nicht hineinpasst in dieses Weltbild:

Was ist eigentlich mit mir?

Self Love

Manchmal wachse ich über mich selbst hinaus. Und dann guck ich in den Spiegel und denke mir: »Mädchen, was bist du doch für ne geile Sau!«

Heute habe ich zwei Zimmer komplett in Umzugskartons verstaut und fünf neue Kleinanzeigen geschaltet. Pünktlich zur Kaffeezeit stehen Teilchen auf dem Tisch aus TK-Beeren und -Blätterteig, denn die Truhe muss in ein paar Tagen abgetaut werden.

Ganz nebenbei wuppe ich den normalen Alltagswahnsinn, stille, wickele, schuckele das Baby, begleite den Kleinkind-Wüterich (liebevoll, of course!), und ey, ich war sogar mal eben im Supermarkt und bei der Post (wobei ›mal eben‹ nie mal eben ist).

Am Abend will der Große nicht einschlafen, also sitze ich mit Baby an der Brust vor seinem Bett und säusele irgendein Nachtlied. In der einen Hand halte ich das Baby, die andere streichelt über den Bubenkopf, bis er nach einer gefühlten Ewigkeit ins Träumeland abdriftet.

Und irgendwie schaffe ich es, mit Baby im Arm aufzustehen und mich nach draußen zu schleichen, ohne dass das Baby mault und der Bub aufwacht.

Und dann schaffe ich es sogar, dass das Nuckelbaby in meinem Arm einpennt, was wirklich nicht mehr selbstverständlich ist. In Muddis Arm isses nämlich bisweilen viel zu öde.

Und als Krönung gelingt es mir, Prinzesschen in ihr Bettchen abzulegen.

Na so was! Mutterhafte Glanzleistung at its best!

Und dann schreibe ich noch eine glorreiche Kurzgeschichte für die Ausschreibung, die ich seit Wochen vor mir herschiebe, aber unbedingt machen will. Hell yes!

Leider ist keiner da, um mich mit mir zu feiern - Papa ist klischeehaft auf Berufsreise - aber ich twerke ne Runde und mach ne Flasche Schampus auf. Cheers!

Self Love, check!

(Nein, mach ich natürlich nicht, bin viel zu müde und werfe mich direkt in die Federn.)

Ein Prozess

Ich krabbele ins Bett, ziehe die Bettdecke über mich, kuschele mich ins Kissen und nehme meinen Terminkalender vom Nachttisch. Ich nutze ihn nicht als Terminkalender, sondern ausschließlich als Revue-Passierer.

Ich schlage die Seite mit dem schwarzen Bändchen drin auf und lese das Wochenzitat: *Das gute Leben ist ein Prozess, kein Daseinszustand* von Carl Rogers. Man könnte ›Leben‹ auch durch ›Elternsein‹ ersetzen, denke ich, und grinse in mich hinein. Ich dachte vorher wirklich, das wäre einfacher. Intuitiver. Aber man lernt jeden Tag dazu. Vor allem, wie es nicht geht.

Ich drücke auf die Rückseite meines Kugelschreibers, richte meine Aufmerksamkeit auf die Spalte des heutigen Datums und schreibe:

Wofür ich dankbar bin:

- hatte auf der Arbeit ein gutes Gespräch mit dem Chef

- habe mittags Pancakes gemacht und sie ganz allein aufgefuttert

- die Kinder haben ihren Kram weggeräumt, ohne dass ich sie ermahnen musste

- abends Kuschelzeit mit Papa auf der Couch

Hinter den zweiten Punkt klebe ich einen Lach-Smiley und hinter den letzten ein rotes Herz.

Ich wandere zur Selbstfürsorge-Skala:

Hab ich heute viel getrunken?

Zwei Karaffen à ein Liter, plus Kaffee, viel Kaffee. Also: ja. Ich male die Skala voll aus.

Hatte ich heute gute Laune?

Na ja. Es gab Ups & Downs. Halb voll.

Habe ich mich gesund ernährt?

Also, die Pancakes mit Nutella waren jetzt nicht unbedingt gesund. Aber abends gab's Salat. Halb voll.

Habe ich mich viel bewegt?

Nope.

Hatte ich Me-Time?

Joah, während der Mittagsschlafzeit. Mit meinen Pancakes. Halb voll.

Hatte ich soziale Kontakte?

Wir waren auf dem Spielplatz, da habe ich kurz mit einer anderen Mutter gequatscht und festgestellt, dass die Kinder sich vom Kindergarten kennen. Arbeit zählt ja nicht. Hm. Halb voll.

Hatte ich Stress?

Nö, kann man so nicht sagen. War okay. Normaler Wahnsinn halt. Fast leer.

Habe ich gut geschlafen?

Bis der Große um halb sechs am Bett stand, schon. Also fast ganz voll.

Ich betrachte das Ergebnis. Geht doch. Heute war ein Halb-Voll-Tag. Damit kann ich leben. Die letzten Tage waren eher Leer-fast-leer-Tage, also ist heute schon eine Steigerung.

Ich blättere zufrieden zur Monatsplanung. Welche Ziele hab ich mir noch mal gesetzt?

Mehr soziale Kontakte ohne Kinder – das ist mein

Knackpunkt. Ich brauche mehr Freundinnen, die ich auch mal ohne Kinder treffe. Aber mit Kindern unter fünf ist das schwierig. Letzten Monat hatten wir mal einen Mädelsabend, das war toll. Mit Weinchen, Teilchen, Schokorosinen. Ich liebe Schokorosinen.

Einen Monat lang nicht krank werden - jupp, den kann ich schon mal vergessen. Nächsten Monat neue Chance.

Mehr Zweisamkeit mit meinem Schatz - ha, dahinter kann ich einen Haken setzen für heute.

Mehr Sport - gestern habe ich Yoga gemacht. Und nächste Woche startet der Zumba-Kurs. Wird schon.

Ich klappe das Buch zu und lege es auf den Nachttisch. Es war ein Geschenk zu meinem letzten Geburtstag. Eins der sinnvollsten und gebrauchtesten Geschenke in meinem ganzen Leben. Ich hatte davor manchmal das Gefühl, mich komplett in Luft aufgelöst zu haben. Es gab mich nur noch als Mama, Bespaßerin, An-alles-Denkerin, Für-alle-Sorgerin - nicht mehr als die Frau, die ich vor den Kindern gewesen war. Eigentlich nicht mal mehr als individueller Mensch. Mit echten Gedanken und Gefühlen. Also gefühlt habe ich viel, aber das fiel alles in die Ich-bin-zu-kaputt-um-was-Gescheites-zu-fühlen-Schiene. Wie eine leere Hülle hab ich nur noch funktioniert und dafür gesorgt, dass es allen anderen gut geht. Und wenn die Kinder abends friedlich eingeschlummert sind, bin ich in mich zusammengefallen wie eine Drückfigur, in die man zu feste hineindrückt.

Jetzt hat dieser Achtsamkeitsplaner natürlich nicht von heute auf morgen eine sorglose, in sich ruhende Mutter aus mir gemacht. Das wäre toll! Dann hätte ich gleich zehn von den Teilen nachgekauft und aus dem Fenster in die Welt gestreut. Aber mein Leben und meine Gefühlswelt zu hinterfragen, mir Ziele zu setzen, wie und wann ich mir wieder Zeit für mich nehmen kann, war ein Gamechanger für mich. Ich habe mit etwas Simplen begonnen wie *Dein Essen bewusst zu dir nehmen und nicht nebenbei herunterschlingen* und mich dann nach und nach gesteigert.

Ich dachte anfangs: *Nicht, dass dir das zu viel Druck macht, wenn du da Ziele reinschreibst, die du doch nie erreichst.* Aber so war es gar nicht. Ich habe mich eher über jeden kleinen Erfolg gefreut. Es geht gar nicht so sehr darum, dass sich direkt alles verändert. Sondern dass sich peu à peu etwas tut. Dass ich selbst wieder Platz in meinen Gedanken finde. Wenig Platz am Anfang. Später immer mehr.

Und natürlich gibt es jetzt immer noch viel mehr Leere-fast-leere Tage als halb volle Tage, und volle-fast-volle Tage gibt es vielleicht einen oder zwei im Monat. Die bekommen dann direkt fünf Smileys auf einmal reingeklebt. Aber jeder Dankbar-Moment (und davon finde ich tatsächlich jeden Tag mindestens einen), jede ausgemalte Skala, jeder Sticker gibt mir ein gutes Gefühl und ich schlafe mit diesem Gefühl ein. Das ist so viel besser als das Heute-war-wieder-so-richtig-kacke- oder das Hab's-mal-wieder-voll-versaut-Gefühl von früher.

Das gute Leben ist ein Prozess, kein Daseinszustand.

Liebe dieses Zitat.

Ausgang

Sie zieht sich die Hoodie-Kapuze über den Kopf, streckt den rechten Arm in die Luft und wirft rhythmisch ihren Kopf auf und ab. Um sie herum nur Boys, die aussehen, als fände ihr Leben in irgendeinem Paralleluniversum statt. Die Nebelmaschine gibt alles, genau wie die Boxen, die bei den Beats sicher bald abheben. Früher wäre sie nie in so einem Schuppen gelandet.

Scheiß drauf. Sie grölt mit, auch wenn's nix zum Mitgrölen gibt. Sie springt sogar, bis ihr die Haare an der Stirn kleben. Sie springt nicht nur, sie pogt. Sie!

Früher hätte sie aufgetakelt in einem angesagten Club gestanden, maximal mit der Hüfte gewippt, denn viel mehr ging in den hohen Hacken nicht. Sie hätte sich das perfekt gestylte Haar hinters Ohr geschoben, den Blick über das männliche Publikum schweifen lassen, bis er irgendwo hängen bleibt, dann verführerisch auf ihrer Unterlippe geknabbert und dabei kess zum Objekt ihrer Begierde gelächelt. Richtig getanzt hat sie früher nicht. Nur, wenn es dem Zweck diente.

Und nun geht sie hier ab, als gäb's kein Morgen mehr. Zu Musik, die ihr nicht einmal gefällt. Vergisst alles um sich herum. Lässt alles raus.

Ob irgendwer schaut oder nicht, interessiert sie nicht. Wozu auch?! Sie hat hier kein Ziel, ist nicht auf der Jagd. Sie kann tun und lassen, was sie will. Abhotten, die Sau rauslassen, wild sein, ungezähmt. Frei.

»Na, Mensch!«, sagt ihr Kollege eine Stunde später zu ihr, als sie sich total ausgepowert auf einen Drink zu ihm an die Bar gesellt. »Du hast Spaß, was?!«

»Jau, aber nicht nur das.«

Er hebt die Augenbrauen. »Sondern?«

Sie grinst und wirft ihm die Antwort entgegen, bevor sie sich wieder in die Meute stürzt: »Ausgang.«

Wenn dir Zweisamkeit mit deinem Schatz fehlt

Parkbankmoment

Wir sitzen auf einer Parkbank am Fluss. Gestern war dein Geburtstag. Du hast den Arm um mich gelegt, dabei kennen wir uns erst seit einer Woche.

Wir essen Reiskuchen, den du extra für mich im Nachbarland besorgt hast. In meiner Handtasche schmelzen Schokomuffins, die ich extra für dich gebacken habe, sie aber jetzt nicht heraushole. Schließlich hast du ja schon Kuchen dabei und den möchte ich nicht durch meine Muffins in den Schatten stellen.

Ich lasse meinen Blick schweifen über das Wasser, das in der Sonne glitzert, mit den Booten darauf, und frage mich, ob ich dich in mein Leben lassen soll. Ob ich mich das traue.

Ein Stück neben uns stürzt ein Junge mit dem Fahrrad und schlägt sich das Knie auf. Du läufst hin, stellst das Rad wieder auf und gibst ihm ein Stück Kuchen. Ein Mann kommt angerannt. Du verabschiedest dich, der Junge winkt dir nach.

Als du wieder neben mir sitzt, lege ich meinen Kopf auf deine Schulter und schließe die Augen.

Ein paar Stunden später schreibe ich einem anderen Techtelmechtel, dass es sich erledigt hat mit uns.

Einen Tag später bringe ich das Backblech mit den Schokomuffins zu einer Freundin. Einen hast du doch noch bekommen. Zusammen mit einem Gutenachtkuss.

Eine Woche später sage ich dir, dass ich nur was Festes will. Nix Wischiwaschilockerflockiges, wie es grad so Mode ist. Ganz oder gar nicht.

Vier Jahre und nur drei Tage später stehe ich im weißen Kleid mit dickem Bauch darunter vor dir und sage »Ja«, wobei mein Herz schon »Ja« zu dir sagte, als es dich zum ersten Mal sah.

Drei Jahre später steht ein Schild auf einem leeren Grundstück mit der Aufschrift: *Hier baut Familie Meyer. Betreten der Baustelle verboten.* Wir stehen dahinter, ich wieder mit dickem Bauch, du mit einem Arm um mich gelegt, auf dem anderen ein Kleinkind, das frech eine Grimasse schneidet.

Zwei Jahre später sitze ich in unserem Garten und sehe zu, wie du mit dem Sohnemann durch den Sprenger läufst. Klitschnass und lauthals lachend versucht ihr, den Wasserstrahlen auszuweichen. Die kleine Tochter rennt hinterher, ist aber lange nicht so schnell und kommt empört zu mir in die Hängematte gekrabbelt. Ich rubbele sie trocken und sie kuschelt sich in ein weiches Handtuch gehüllt eng an mich.

Ein Jahr später gibt es die erste Schultüte. Du siehst die wehmütigen Tränchen, die sich in meine Augen geschlichen haben, und drückst mich fest an dich, weil du weißt, dass ich gerade Sicherheit brauche und Halt. Weil du mich kennst. Wie kein anderer.

Und noch ein paar Jahre später – als die Kinder uns längst nicht mehr so brauchen, als wir wieder wir sind und nicht mehr nur Mama und Papa, als wir durch so viele Stürme, Regenbögen und Sonnenstrahlen gegangen sind zusammen –, da denke ich immer noch mit einem Lächeln auf den Lippen an diesen Parkbankmoment zurück.

Als alles begann.

Flirt-Flatrate?

Erst gestern seufzte ich meiner Single-Freundin ins Telefon: »Hach, ich würde so gern mal wieder mit einem Unbekannten flirten.«

Sie wunderte sich: »Wieso? Du hast doch deinen Mann. Hast du da keine Flirt-Flatrate?«

Joah. Grundsätzlich schon – das Flirtmaterial ist immer verfügbar. Aber gehört Flirten nicht eher in die Single-Dating-Welt? Oder flirten wir als Singles nur anders als in einer Beziehung? Flirten wir in einer Beziehung überhaupt? Hm.

Ich beame mich gedanklich in meine Single-Zeit zurück. Wie sah Flirten da aus? Schultern zurück, Brust raus. Ich warf das Haar zurück, damit der Blick aufs Dekolleté frei ist. Beim Gehen schwang ich die Hüften. Ich hatte diese bestimmte Art zu lachen, zu sprechen – leicht säuselnd. Im Augenaufschlag lagen tiefe Blicke. Beiläufiger, aber gezielter Körperkontakt – die Hand ruhte kurz auf Arm oder Schulter, ich rückte etwas näher heran, streifte ihn zufällig beim Vorbeigehen. Und die Worte – eindeutig, zweideutig. Immer mit einem Touch Sexyness, damit die Funken sprühen. Ja, ja. Ich erinnere mich gut.

Ein paar Monate später, ich bin in einer frischen Beziehung. Wie haben wir hier geflirtet? Nicht mehr so offensiv, zaghafter. Die Funken verwandelten sich in Herzen. Wir kuschelten mehr, säuselten Liebesbekundungen statt verruchter Andeutungen. Doch wenn das Bett rief – oder das Auto, die Dusche, die Wiese ... wenn es in einer bestimmten Gegend kribbelte, Hitze aufstieg ... dann kamen die verruchten Worte wieder, die forschen Berührungen, der intensive Augenaufschlag.

Und jetzt? Puh ...

Jetzt haben wir ein Kind, ein Haus, wenig Schlaf, Rückenschmerzen – und nie Zeit für uns. Wenn es bei uns sexy wird, ist es eher pragmatisch: Los, komm, Kind schläft, jetzt oder nie. Gelegentlich zünde ich Kerzen an, dimme das Licht, werfe mir ein Negligé über. Aber ist das Flirten?

Okay, ich löse mich jetzt einmal spaßeshalber von diesem Bild in meinem Kopf, wie Flirten auszusehen hat. Was ist denn mit so was: inmitten des stressigen Alltags innehalten und sich zärtlich umarmen, Stirn an Stirn durchatmen, Kraft austauschen, kleine Notizen mit Herzen an den Arbeitsbildschirm kleben, einen Muffin vorbeibringen, abends den Kopf auf den Schoß legen, beim Spazieren mit Hund und Kind Händchen halten, ein ernst gemeintes »Wow« entgegenwerfen, wenn er/sie was Hübsches anhat, gemeinsam in alten Urlaubsalben blättern und in Erinnerungen schwelgen, von innen warm werden. Ist das Flirten? Kann das Flirten in einer Ehe sein?

Es sind Momente, die die Liebe am Leben halten; die Flamme brennen lassen. Sie lodert nicht mehr ausufernd und sprüht Funken. Aber sie brennt, wird mal größer, mal kleiner. Und geht nicht aus.

Es sind Momente, in denen ich kurz in meinem Alltag stoppe, lächele und mir denke: »Huch, da ist ja noch jemand. Mein Mann. Wie schön, dass ich ihn habe.«

Und er schaut mich mit einem Blick an, der vielleicht nicht sagt: »Komm her, du kleine ...«, sondern eher: »Ich liebe dich und werde immer bei dir bleiben.«

Es gibt schon auch Sexyness bei uns. Ich tänzele ab und zu in Unterwäsche an ihm vorbei (oder nackt, so what?). Oder ich beuge mich absichtlich weit nach unten, wenn der Shirtausschnitt tiefer ist als gewöhnt; wackele mit dem Hintern, wenn ich die Joggingbuchse gegen eine enge Jeans eingetauscht habe. Und dann sind da die feurigen Blicke, die heißen Berührungen und das Kribbeln in einer bestimmten Gegend. Die Knöpfe funktionieren noch, sie sind nur etwas eingestaubt.

Es ist nicht immer leicht, in einer durch die Jahre entstandenen Gewohnheit, den Hauptrollen Mama und Papa, in ständigem Aufeinanderhängen durch Homeoffice & Co. noch Zeit und Muße zu finden, die Flirt-Flatrate zu nutzen. Aber – ob nun heiße Flirts oder liebevolle Aufmerksamkeiten –, es ist wichtig, sich zu zeigen, zu erinnern, dass man hinter dem ganzen Alltagshokuspokus noch Mann und Frau ist, Partner, Liebende, Lieblingsmenschen. Ab und an die Knöpfe zu drücken. Und die Flamme brennen zu lassen.

Vor dem Spiegel

»Hallo, schöne Frau!«

Johns Kopf lugt durch die Schlafzimmertür.

Ich stehe vor dem Schrankspiegel und zupfe an mir herum. »Ich bin grad dabei, neue BHs anzuprobieren. Die Still-BHs können weg.«

Er stellt sich hinter mich. »Und wieso guckst du dabei so?«

Ich lasse frustriert die Schultern hängen. »Weil die alle nicht sitzen. Meine Möpse sehen aus wie Luftballons, aus denen man die Luft rausgelassen hat.«

»Zeig mal her.« Er öffnet den BH-Verschluss und streift ihn mir von den Schultern. »Also, ich finde, die sehen aus wie Luftballons, in denen genau richtig viel Luft drin ist. Nicht zu prall und nicht zu schlaff.«

Ich drehe mich zu ihm um. »Täusche ich mich, oder spüre ich da noch etwas anderes, das nicht zu schlaff ist?« Ich küsse ihn leidenschaftlich.

Er stöhnt in mein Ohr. »Stehen wir hier etwa gerade halb nackt im Schlafzimmer, während beide Kinder schlafen und wir nicht todmüde sind?«

»Also, ich bin halb nackt, aber bei dir geht noch was.« Ich streife ihm das T-Shirt über den Kopf und schlinge meine Arme um ihn.

O mein Gott, das passiert gerade doch nicht wirklich. Zweimal blinzle ich und stoppe augenblicklich meine Gesichtsentgleisung. Ich will für sie gut aussehen und nicht wie ein Teenie, der gleich an freudig-erregten Gedanken krepiert.

»Deine Haut fühlt sich so wundervoll an. Du bist wunderschön. Ich liebe deinen Körper, Baby.«

»Baby?« Ana löst sich aus der Umklammerung und schmunzelt. »So hast du mich aber schon lange nicht mehr genannt.« Liebevoll schmiegt sie sich wieder an mich und ich schlinge erneut meine Arme um sie. Anas Hände gleiten meine Hüften hinab und ich versteife mich unter ihren Berührungen.

»Entspann dich. Ich steh auch auf deinen Körper. Sogar, wenn du deinen Bauch krampfhaft einziehst. Du bist und bleibst scharf!«

Mein Grinsen verstecke ich nicht.

»Komm her und küss mich«, raunt sie.

Behutsam lege ich meine Hände an ihre Wangen und meinen Mund auf ihren. Immer leidenschaftlicher küssen wir uns und ich drücke sie gedanklich schon an den Kleiderschrank, bis mich ein Schrei aus meinen Tagträumen holt.

»Mama, Papa, Rico hat ins Bett gepinkelt.«

Ein letzter tiefer Kuss und wir lösen uns voneinander.

»Später, Baby«, flüstere ich an ihre Lippen und grinse diabolisch.

»Wir werden sehen«, flüstert sie zurück und zwinkert mir zu.

Ein Leben mit Kindern ist und bleibt ein Leben am Limit.

(Co-Authoring mit Maya Pinsel)

Das Baby ist da

Neun Monate.

Neun Monate voller Namenslisten, Kinderzimmerprospekte, Mini-Babykleidung. Neun Monate Vorfreude. Und dann endlich ist es da, dieses kleine, zerknautschte Wunder. Euphorisch denke ich: Jetzt geht's los, das Familienglück!

Aber die Realität sieht so aus: Zwischen Mutterstolz so groß wie der Mount Everest, Milliarden Glückstränen und fassungslosem Staunen über dieses winzige Wesen, das wir wirklich und wahrhaftig selbst gebaut haben, dominiert vor allem ein im Vorfeld total negiertes Gefühl: Erschöpfung. Tiefe und noch nie in diesem Ausmaß empfundene Erschöpfung.

Noch niemals - nicht einmal in der schlimmsten Liebeskummerphase - bin ich durch so viele verschiedene Emotionen gegangen:

Glückseligkeit (Heule ich jetzt echt, weil der Kleine mich anlächelt?)

Stolz (Ist er nicht einfach perfekt?)

Staunen (Krass, das ist mein Kind!)

Verzweiflung (Warum schreit er so, was habe ich falsch gemacht?)

Wut (Jetzt halt endlich die Backen!)

Und schließlich Erschöpfung (Ich kann nicht mehr. Echt nicht!)

Diese immense Erschöpfung lässt mich zu einer genervten Nörglerin mutieren. Und wer bekommt es ab? Nein, nicht das Baby. Der Vater natürlich. Und wer hat darauf absolut keinen Bock? Auch der Vater.

Aber inmitten dieses Emotionscocktails habe ich schlichtweg keine Kapazitäten frei, um mich um die Bedürfnisse meines Mannes zu kümmern. Wenn ich ehrlich bin, sind sie mir oft schnurzpiepegal. Ich bin bis Oberkante Unterlippe voll mit meinem Baby. Dabei ist er mindestens genauso erschöpft und überfordert wie ich.

Neulich hat er mich geweckt (nachdem das Baby endlich, endlich auf meiner Brust zur Ruhe kam und ich den Emotionscocktail für einen Moment beiseitestellen und schlafen konnte; was für ein wunderbarer, seliger Moment – bis er mich weckte), weil der Einsatzalarm der Feuerwehr draußen losging. Er war felsenfest davon überzeugt, dass der Alarm das Kind wecken oder wir an einer Rauchvergiftung zugrunde gehen würden, wenn ich nicht augenblicklich das Fenster hinter mir schlösse. Natürlich hörte der Alarm sofort wieder auf, nachdem ich das Fenster geschlossen hatte. Und natürlich weckte die ganze Aufregung das Baby (nicht der Alarm, wohlgemerkt!). Gott, war ich wütend auf ihn. Dabei hatte er ja gute Absichten und war besorgt. Er war nur nicht bei klarem Verstand, weil das Elternhirn mit einem Neugeborenen im Haus nun einmal wabbelig ist.

Und dann hat das Baby natürlich erst mal geschrien. Na sauber! So ein schreiendes Würmchen kann ziemlich zermürbend sein. Man hat alles getan: Futter, saubere Windel, schuckeln, säuseln, kuscheln. Aber es hört einfach nicht auf. Was Mama in so einer Situation nicht gebrauchen kann, sind klug(scheißerisch)e Ratschläge.

»Er hat Durst«, hat mein Schatz gesagt.

»Hat er nicht.«

»Doch, klar, eindeutig.«

«Und woher weißt du das, bist du jetzt der Babyflüsterer, oder was?«

»Was anderes kann es nicht sein.«

Hmpf. Ich hätte ihn erwürgen können. Aber stattdessen legte ich meinen Jungen an die Brust und siehe da: Er trank ... nicht. Natürlich nicht.

Ich will nicht sagen, dass mein Mann immer unrecht hat. Im Gegenteil, er hat sogar die meiste Zeit recht. Aber was das Baby betrifft, das ich nun einmal die meiste Zeit mit mir herumtrage, jede Nuance seines Weines in- und auswendig kenne, seine Regungen x-Mal analysiert und interpretiert habe – also, da verlasse ich mich auf mein Bauchgefühl. Und das hat sehr oft recht. Natürlich respektiere ich Lösungsvorschläge meines Mannes, und wenn sie ihre Berechtigung haben, gehe ich ihnen nach. Aber wenn mein Muttibauch sagt: »Das ist absoluter Quatsch!«, bleibe ich bei meinem Bauchgefühl. Sich verunsichern zu lassen, führt nämlich nur zu weiterem Beziehungsstress à la »Hab ich doch gleich gesagt.«

Dabei will ich ja gar keinen Stress mit ihm! Ich würde liebend gern mehr Zeit zu zweit verbringen. Aber so ein Baby verlangt unfassbar viel Aufmerksamkeit. Und tut es das nicht, muss ich mich ausruhen. Ich will es nicht nur. Ich MUSS. Das ist (lebens)notwendig. Wann soll ich da noch Zeit für Zweisamkeit mit meinem Partner finden?

Ich kann schon gar nicht mehr zählen, wie oft mein Schatz wie der Froschkönig mit Knutschmund im leeren Raum stand, weil ich seine Kussaufforderung nicht wahrgenommen habe und reaktionslos an ihm vorbeigehuscht bin. Das ist bitter! Ich schäme mich schon ein bisschen dafür. Denn man sollte sich immer die Zeit nehmen, sich im Vorbeigehen einen Kuss zu geben. Oder das Baby für eine Minute ins Bettchen zu legen, um sich Kraft aus einer innigen Umarmung zu holen. Oder gemeinsam eingekuschelt einzuschlafen. Selbst wenn es nur fünf Minuten sind, spenden sie so viel Kraft und Zuversicht. Und man braucht diese Zeit zu zweit, um neben dem Babystress nicht zu vergessen, dass man sich liebt.

Natürlich ist ein Kind nicht nur zermürbend und anstrengend. Es gibt so viele wunderschöne Momente des Glücks, die wir gemeinsam zu dritt teilen, und die jede Müdigkeit vergessen lassen. Aber wenn der gesamte Fokus von Mama und Papa auf dieses Würmchen gerichtet ist, dann gerät die Zweisamkeit schnell ins Hintertreffen. Und dabei brauchen wir das stabile Fundament der Partnerschaft, um bei aufziehenden Stürmen nicht umzukippen - oder zumindest zu wissen, dass wir aufgefangen werden. Und außerdem: Wenn Mama und Papa sich an die Gurgel gehen, spürt Baby das genau - und dann beruhigt es sich sowieso nicht. Eine harmonische Stimmung hingegen hat immer eine entspannende Wirkung auf alle Gemüter im Haus.

Ein neuer Ansatz

»Was ist das?« Mein Mann wedelt mit dem Handy in der Hand vor mir herum.

Ich unterdrücke den Impuls zu antworten: ›Das ist dein Handy‹, und sage stattdessen: »Ich habe eine Notiz mit dir geteilt.«

»Ja, das kann ich auch sehen. Aber was bezweckst du damit?«

Ich klopfe mit der Handfläche auf den Barhocker neben mir. »Setz dich.«

Er runzelt die Stirn, schlurft aber zu mir und setzt sich. Ich schenke ihm ein Glas Wein ein. Sein Lieblingswein.

»Das ist eine Aufstellung der Aufgaben, die in unserer Familie anfallen. Täglich oder zumindest regelmäßig. Daneben habe ich notiert, wer von uns diese Aufgabe zurzeit übernimmt.«

Ich scrolle auf seinem Handy, bis unsere Namen in der Tabelle erscheinen.

»Wie du siehst, gibt es hier ... nun, sagen wir, ein gewisses Ungleichgewicht. Das möchte ich gern ändern.«

Er räuspert sich und nimmt einen Schluck Wein. Dann atmet er tief aus. »Schätzchen, ich bin ziemlich groggy vom Tag. Muss das jetzt echt sein?«

Ich scrolle hoch an den Anfang der Tabelle, wo die täglichen Aufgaben stehen, und dann genau so weit rüber, dass der Name neben jeder täglich anfallenden Aufgabe erscheint. Mein Name.

»Das kann ich verstehen. Aber vielleicht erkennst du aus dieser Tabelle, dass ich auch ziemlich groggy bin. Trotzdem ist mir das jetzt wichtig.« Mein Herz pulsiert in meiner Brust. Mir fällt das hier nicht leicht. Im Gegenteil, ich schiebe es schon lange vor mir her. Aber es hat so oft gescheppert bei uns in den letzten Wochen, dass ich nun einmal einen anderen Ansatz probieren will, als abends vor lauter Erschöpfung herumzuschreien.

Es muss sich was ändern.

Er zieht scharf Luft ein und pustet sie betont angestrengt wieder aus. Dann greift er sein Handy aus meiner Hand und beugt sich darüber.

Ich lehne mich zurück und gönne mir ebenfalls einen Schluck Wein. Mhm, der ist echt gut.

»Viele der Aufgaben müssen aber auch echt nicht sein, ne?!«

Ich kräusele die Lippen. »Welche denn genau?«

»Den Hundenapf spülen? Die Trinkbecher abkochen? Können die nicht in die Spülmaschine? Und die Mülltonnen rausstellen, das mach doch ich!«

Ich räuspere mich. »Früher, ja. Da hast du das gemacht. Seit ... Moment.« Ich öffne in meinem Handy die Kalender-App. Natürlich bin ich vorbereitet. Habe mir das schließlich sehr gut und reiflich überlegt. »Wo hab ich es denn? Ah, hier. Seit März nicht mehr, weil du jetzt sonntags Fußball hast und danach duschst und danach direkt Abendessen, also mach ich es vor dem Abendessen, denn danach schlafen die Kinder und es wäre zu laut, die Tonnen rauszuziehen.« Ich lege mein Handy auf die Theke. »Und ich tu's nicht in die Spülmaschine, weil's hygienischer ist.«

»Hm.« Er liest weiter.

»Und hier, Arzttermine für die Kinder machen oder alte Klamotten aussortieren, neue besorgen – das ist ja jetzt nicht ständig. Kann man wirklich nicht als regelmäßige Aufgaben zählen, oder?«

Ich verschränke die Arme vor der Brust. »Drei Kinder. Drei Kleiderschränke. Sie wachsen nicht alle zur gleichen Zeit, ne?« Dass ich das überhaupt erklären muss ...

Er legt das Handy beiseite. »Okay, also was willst du mir

jetzt damit sagen? Wir hatten das ja schon: Ich muss nun einmal arbeiten. Ich kann nicht früher heimkommen. Ich tu schon so viel, wie ich zeitlich schaffe. Du bist zu Hause.«

Ich muss arg die Zähne zusammenbeißen, dass ich nicht wieder wie ein Vulkan ausbreche. Diese Diskussion hatten wir schon so oft, ich kann es gar nicht mehr zählen.

Aber ich wollte ja mal einen Ansatz probieren, der besser in seine Zahlenwelt passt. Also presse ich hervor: »Ja, in der Tat. Wir hatten das schon. Ohne Lösung. Erinnerst du dich?«

»Weil es keine andere –«.

»... Deshalb hab ich mir Lösungen überlegt«, unterbreche ich ihn.

»Na, da bin ich aber gespannt!«, platzt er mir ins Wort.

Nicht drauf einlassen! Nicht drauf einlassen! Nicht drauf einlassen!

Ich nehme seine Hand und streichle über die starre Faust. Sein Griff lockert sich. Ich warte noch einen Moment, bis sich auch sein Kiefer entspannt.

»Ich will mich nicht mit dir streiten, Stephan. Das haben wir schon zu oft getan. Ich möchte das nicht mehr.«

Er sieht mir in die Augen. »Ich doch auch nicht.«

»Dann lass uns zusammen nach einer Lösung suchen. Bitte! Mir wird das hier alles zu viel. Ich brauche mehr Raum für mich. Sonst kann ich nicht die Mutter sein, die unsere Kinder verdienen.« Ich lächele ihn an und füge hinzu: »Und auch nicht die Ehefrau, die du verdienst.«

Er seufzt. »Okay. Du hast ja recht. Also, was hast du dir überlegt?«

Eine letzte Frage zur Absicherung: »Bist du dafür offen?«

Er nickt. »Ja. Klar. Ich will ja, dass es dir gut geht. Uns allen. Als Familie.«

Ich nehme wieder sein Handy und zoome in die Tabelle.

»Also hier: Hemden bügeln. Deine Hemden könntest du in die Reinigung bringen. Die Einkäufe könnten wir bestellen – das geht ganz bequem vom Sofa aus und kostet nur 2,50€ extra –, dann kann ich die mit den Kindern abholen und muss nicht durch den ganzen Laden rennen mit drei tobenden Rabauken. Oder ... wo ist es ... ah, hier, Windeln kann man im Monatsabo online bestellen, ist sogar günstiger als in der Drogerie. Oh und noch was ...« Ich hole tief Luft. »Ich will eine Putzfrau. Nur fürs Grobe. Aber mit den Kindern im Haus komm ich zu nix, und seit ich wieder vormittags arbeite, bleibt mir da auch nicht die Zeit zu putzen.«

Er reibt sich das Kinn. Ich kann sehen, wie er sich zusammenreißt. Gut so. »Ist das nicht alles irrsinnig teuer?«

Ich greife wieder nach seiner Hand und kneife hinein. »Klar kostet das was. Aber wenn wir uns scheiden lassen, wird's teurer«, sage ich mit einem Schmunzeln. »Und wir haben schon für sinnlosere Sachen mehr Geld ausgegeben«, schiebe ich hinterher.

»Den Thermomix zum Beispiel.« Jetzt grinst er.

»Touché.« Ich struwwele ihm durchs Haar. Bloß gut, er ist aufgetaut.

»Ich hab noch was«, sage ich vorsichtig.

»Hau's raus.«

»Du stehst doch morgens schon so früh auf. Zwei Stunden, bevor du überhaupt zur Arbeit gehst. Und du weißt, Lily schläft grad so schlecht, dass ich teilweise dreimal die Nacht zu ihr muss. Und Julian steht schon wieder um halb sechs an meinem Bett und will bespaßt werden.« Ich streiche mit den Fingerspitzen über seinen Arm. Die Haare stellen sich sofort auf. Das hat er schon immer gemocht. »Wie wäre es, wenn du ihn dann mit runternimmst, mit ihm das Frühstück für uns vorbereitest, isst, und ich dich dann, kurz bevor du losmusst, ablöse? Das würde mir noch eine Stunde mehr Schlaf bescheren, den ich echt nötig habe zurzeit.« Ich stoppe meine Streicheleinheit.

»Hey, nicht aufhören!«, protestiert er.

Und nach einer Weile: »Ist ja gut, kann ich machen. Er will bestimmt sowieso bei dir sein.«

»Ach was, ein bisschen Männer Quality Time tut euch sicher gut.« Innerlich feiere ich einen Triumphzug. Es hat geklappt! Es hat tatsächlich geklappt! Ich bin ein Genie! Yeeeees!!!

»Den Müll kann ich auch wieder rausstellen. Und meinetwegen nehm ich auch den Papiermüll mit, wenn er voll ist. Und wenn das mit dem Einkäufe bestellen wirklich so funktioniert, wie du sagst, hol ich die auf dem Heimweg ab. Ist ja dann nur ein kurzer Stopp. Kann auch die Pfandflaschen bei mir im Auto lagern dann.«

What? Ernsthaft? Ich bekomm Schnappatmung.

Er tippt in seinem Handy rum und hält es mir stolz hin: »Siehst du, steht schon fünfmal öfter mein Name drin.«

Ich unterdrücke den Drang, aufzustehen und Freudentänze zu vollziehen. Cool bleiben!

»Tu dir keinen Zwang an, ihn noch öfter reinzuschreiben!«, necke ich ihn.

Jetzt muss er sogar lachen.

Ich beuge mich vor und umarme ihn. »Danke, Stephan! Wirklich. Ich freue mich so sehr, dass wir endlich vernünftig drüber reden konnten.«

Er drückt mich an sich. »Tut mir leid! Ich dachte, du hast das so gut im Griff alles hier. Ich hätte dir eher zuhören müssen.«

Ich winke ab. Er hat recht, aber ich habe genug erreicht heute. Mehr als genug.

Ich reiche ihm sein Glas und stoße mit meinem an.

»Alles gut. Hauptsache, wir sind jetzt wieder ein Team!«

Er lächelt. Dieses sanfte Lächeln, in das ich mich jedes Mal neu verliebe.

»Auf uns!«

Heute vor fünf Jahren

Lydia stand vor dem Spiegel im Schlafzimmer und zupfte am himmelblauen Kleid herum, das sie zuletzt vor fünf Jahren getragen hatte – auf ihrer Hochzeitsreise. Sie wollte heute etwas Besonderes anziehen, aber sie war nicht sicher, ob das Kleid noch passte. Lippenstift? Nein, das wäre zu viel.

Sie seufzte und ging hinunter.

Ben wartete schon im Flur. Als er sie sah, zog er sie an sich und flüsterte ihr verliebt ins Ohr: »Du siehst wunderschön aus. Wie damals.«

Sie gaben ihren Kindern einen Kuss und verabschiedeten sich von der Oma.

Lydia wusste nicht, wohin Ben sie entführen würde.

Vielleicht in ein Theaterstück? Eine Show? Oder ein schickes Restaurant?

Ben hatte das Navi nicht angemacht, einerseits, damit sie nicht vorher erriet, wohin es ging. Andererseits, weil er den Weg nur zu genau kannte. Und nie vergessen würde.

Lydia quasselte vor sich hin. Sie war ein wenig aufgeregt. Warum, wusste sie selber nicht. Es lag so ein Kribbeln in der Luft, das sie schon lange nicht mehr gespürt hatte. Neben den Kindern, dem Haus und der Arbeit blieb so wenig Zeit für sprühende Funken.

Ben grinste in sich hinein. Er konnte nicht glauben, dass Lydia keinen Schimmer hatte, wo es hinging. Es lag so auf der Hand. Sie wollten immer wieder hierhin zurück, aber es hatte sich nie ergeben. Aber heute stimmte alles. Er hatte Wochen im Voraus reserviert, die Sonne schien, genau wie damals. Es war perfekt.

Als er um die Ecke bog, verstummte Lydia. Jetzt hatte sie

es begriffen.

»Ist das etwa...?«, stammelte sie.

Ben parkte in Seelenruhe den Wagen und drehte sich zu ihr. »Weißt du jetzt, wo wir hinwollen?«

Lydia nickte, nahm seine Hand und drückte einen Kuss auf. »Ja, das weiß ich.«

»Heute vor fünf Jahren, mein Schatz. Genau hier.«

Sie stiegen aus und gingen Hand in Hand auf den weißen Gasthof zu. Draußen saßen Menschen auf der Terrasse und tranken einen Aperitif. Genau wie sie, heute vor fünf Jahren.

Ben zog Lydia nach drinnen, sprach mit dem Kellner, der sie an einen Tisch begleitete. Doch Lydia bekam davon nicht viel mit. Ihre Augen scannten den Raum, blendeten die anderen Gäste und Tische aus, sahen nur, was damals hier geschehen war. Sahen nur die lachenden Gesichter, die Sonnenstrahlen, die den großen Raum in ein märchenhaftes Licht gehüllt hatten, die lila-cremefarbenen Blumen auf den Tischen, die Schmetterlinge an den Gläsern. Und ganz am Ende der langen Tafel in der Mitte: sie, strahlender als die Sonne, und er, sichtlich gerührt in edlem Schwarz.

»Schatz?«, unterbrach Ben ihr Kopfkino. »Magst du dich setzen?«

Er zog den Stuhl zurück und sie nahm Platz, immer noch sprachlos von der vertrauten Kulisse.

Ben schmunzelte. Er wusste, es würde ihr gefallen. Genau hier hatten sie vor genau fünf Jahren das perfekte Fest gefeiert. Sie strahlte nun ebenso wie an jenem Tag.

Er nahm wieder ihre Hand.

»Schatz, weißt du noch? Da drüben haben wir gesessen, genau da vor dem Fenster. Weißt du noch, wie warm es war? Wir hatten die ganze Nacht die Fenster offen. Und Oma wollte mir immer die Stola überwerfen. Weil ich mich sonst erkälte. Weißt du noch?«, sprudelte es aus Lydia heraus.

Ben lachte. »Ja, ich erinnere mich.«

»Und da drüben haben wir getanzt. Mein Gott, was haben wir getanzt.«

»Ja, beachtlich, bei deinem großen Bauch. Ich sehe die vielen Damenschuhe neben der Tanzfläche noch bildhaft vor mir.«

Sie lachten ausgelassen, bis die Kellnerin neben ihnen stand. »Guten Abend, was darf es zu trinken sein?«

»Wissen Sie, genau hier haben wir vor genau fünf Jahren unser Hochzeitsfest gefeiert. Es war so schön! Und das Essen, wunderbar, wirklich wunderbar!« Lydia konnte ihre Euphorie nicht zurückhalten, während Ben in sich hineinlachte.

»Herzlichen Glückwunsch! Haben Sie schon gewählt?«

Ben wisperte der Kellnerin zu, dass sie später wiederkommen solle, und Lydia sprach unbeirrt weiter. Vom Grillbuffet draußen im Garten. Von den Luftballons überall. Von der Fotobox und den ulkigen Requisiten.

Und Ben ließ sie. Er liebte sie so sehr. Diese Lebensfreude, dieses Ungehaltene und Einnehmende an ihr hatten ihn schon immer fasziniert.

Als sie irgendwann ihren Redefluss beendet hatte, waren ihre Wangen ganz rot geworden. Sie trank ihr Wasserglas in einem Zug leer. »Gut, was sollen wir essen?«

Er schob die Karte zu ihr hinüber. »Es gibt auch eine Spargelkarte.«

Sie bestellten und Lydia freute sich auf den Wein. Sie hatte nicht mehr oft die Gelegenheit auf ein Glas guten Wein, oder besser gesagt gönnte sie sich nur selten eins. Und gerade hier schmeckte der Wein sicher ganz besonders gut. In der Atmosphäre. Mit dieser Begleitung.

Zwei Stunden später traten sie im Dunkeln auf die kleine Brücke über dem Teich neben dem Gasthof und sahen dem

Treiben drinnen von draußen zu. Ben hatte seine Jacke über Lydias Schultern und seinen Arm um ihre Taille gelegt.

»Weißt du noch, hier draußen haben wir auch unsere Hochzeitsbilder geschossen damals. Und du hattest Angst, mit dem Babybauch übers Geländer zu fallen. Aber ich habe deine Hand nicht losgelassen. Das werde ich nie!«

Als Ben einen sanften Kuss auf Lydias Wange hauchte, schmeckte er salzige Spuren auf ihrer Haut.

»Hey, Schatz, was hast du denn? Geht's dir nicht gut?«, fragte er besorgt.

Doch Lydia legte ihren Kopf an seine Schulter und seufzte. »Doch, mir geht es gut. Es ist so wunderschön hier! Du fehlst mir nur so schrecklich.«

Ben zog sie an sich. »Aber ich bin doch hier. Bei dir und den Kindern. Ich bin doch gar nicht oft weg.«

Sie schüttelte den Kopf. »Nein, das meine ich nicht. Ich vermisse das hier. Die Zeit zu zweit. Nur wir beide. Dass wir in Ruhe reden können. Diese Zweisam-Zeit. Und gleichzeitig bin ich so dankbar für alles, was wir haben. Die Kinder, unser Zuhause, was wir zusammen erleben ... das sprudelt gerade einfach über.«

Ben streichelte über Lydias Arme und nickte. »Ich vermisse das auch.« Er drückte einen Kuss auf ihre Nasenspitze. »Aber ich genieße auch jede Sekunde,« noch ein Kuss, »die wir gerade haben.« Und noch einer. »Zu viert, als Familie. Ihr macht mich so glücklich. Und ich weiß, in ein paar Jahren kommt unsere Zeit zu zweit zurück. Und wahrscheinlich werden wir dann die Zeit, die wir jetzt haben, zu viert, ganz genauso vermissen.«

Lydia drehte sich zu ihrem Ehemann und sah ihm durch einen Tränenschleier tief in die Augen. »Ich liebe dich so sehr! Danke, dass du mich immer auffängst.«

Ben lächelte. Er wollte gern noch mehr sagen, um ihr zu versichern, dass kein Kinder-Wutanfall oder Spielzeug-Chaos der Welt etwas an seinen Gefühlen ändern würde. Dass er jeden Tag sah, wie wundervoll sie sich um die Kinder kümmerte, auch wenn er es nicht oft sagte. Dass er gern mehr geben würde, aber auch nicht immer konnte und ihn das oft genug zerriss. Dass er sie oder das, was sie tat, niemals als Selbstverständlichkeit ansehen würde. Und dass er sich bemühte, der Vater und Ehemann zu sein, den seine Familie brauchte. Und hoffte, dass ihm das gelang.

Aber auch ihm versagte die Stimme plötzlich und so flüsterte er nur: »Immer. Ich werde dich immer lieben.«

Gute Vorarbeit

»Papa, du bist niemals mein bester Freund. Nur Mama und Lisa«, höre ich durchs Babyfon.

Danach undeutliches Gemurmel, bevor Sascha zerknirscht aus dem Zimmer kommt. »Er will mich nicht. ›Nur Mama‹.«

Ich drücke kurz in seine Schulter und gehe dann zu unserem 4-jährigen Sohn.

Als er wenig später schläft und ich die Tür zum Wohnzimmer öffne, fährt mein Mann mich an. »Echt jetzt? Ich sitz da eine Stunde und bei dir ist er nach fünfzehn Minuten weg?«

Ich lächle. »Gute Vorarbeit!« Doch ich weiß schon, dass ihm nicht nach Spaßen zumute ist.

Ich lass mich aufs Sofa plumpsen. »Tut mir leid, Schatz. Ich weiß auch nicht, was gerade mit ihm los ist.«

Sascha lacht verächtlich. »Wenn ich Lisa ins Bett bringen will, kriegt die einen Heulanfall, und von Moritz darf ich mir sagen lassen, wie blöd ich bin. Toll, wie beliebt ich bei unseren Kindern bin. Weiß ich sehr zu schätzen.«

Ich kuschele mich an ihn. »Ich liebe dich.«

»Hm«, murmelt er.

»Sie haben scheinbar grad beide parallel eine harte Mama-Phase. Nicht persönlich nehmen!« Ich sage die Worte mechanisch, weil ich genau weiß, wie persönlich ich es nehmen würde, wäre ich an seiner Stelle. Es würde mir schier das Herz herausreißen, wenn meine Kinder mich so ablehnten.

Klar gab es auch schon Papa-Phasen, aber nicht so heftig wie diese Mama-Phase. Die nun auch schon eine ganze Weile anhält, leider.

»Versuch ich ja«, reißt Sascha mich aus meinen Gedanken. »Aber ist halt nicht schön, wenn ich nach einem langen

Tag im Büro nach Hause komme, die Kinder mich kaum beachten und es zur Bettzeit Theater gibt. Egal, bei wem.«

Ich streiche über seinen Arm. »Weiß ich ja. Ich versteh's echt. Würde mir ganz genauso gehen.« Ich weiß nur nicht, was ich dagegen tun kann. Sascha ist ein toller Vater. Er sorgt für uns, wird nie laut, liest stundenlang Bücher vor, albert mit den Kindern herum. Das Einzige, was ihn von mir unterscheidet, ist, dass er den ganzen Tag arbeiten geht. Aber selbst da ist er immer zur Bettzeit zu Hause.

Ich habe schon so oft darüber nachgedacht, woher diese Phase grad rühren könnte. Aber mir fällt nichts ein. Ich würde sogar behaupten, ich bin der Bad Cop bei uns. Ich bin viel strenger mit den Kindern, viel launischer (weil mich ein Tag mit den Kids auch mehr auslaugt) und lange nicht so witzig wie Sascha.

Aber ich bin immer da. Ich singe, wenn Moritz hinfällt und Trost braucht. Ich trage Lisa, wenn sie müde wird und »Mama, Arm« ruft. Ich kuschele mit beiden, wenn sie nach dem Mittagsschlaf noch nicht ganz wach sind. Ich gehe mit ihnen in den Tierpark, auf den Spielplatz, zu Freunden.

Wenn sie was brauchen, gebe ich es ihnen. Wenn sie streiten, schlichte ich den Streit. Wenn sie toben, beruhige ich sie. Wenn sie was Tolles geschafft haben, lobe ich sie.

Ich, ich, ich.

Natürlich macht Sascha das auch, wenn er da ist. Aber im Verhältnis steht es nicht. Kann es gar nicht. Und daran wird sich auch nichts ändern. Er geht nun einmal arbeiten. Und ich bin bei den Kindern, wenn sie zu Hause sind. Aber dass es ihn trotzdem zermürbt, steht ihm ins Gesicht geschrieben.

»Ich habe einfach das Gefühl, egal, wie ich es mache, ist es verkehrt«, sagt er schließlich.

Ich schau ihm in die Augen. »Ach was, Sascha, das ist

doch Quatsch. Es ist eine Phase, mehr nicht. Die beiden lieben dich doch trotzdem abgöttisch. Sieh mal, am Wochenende hängen sie nur an dir. Wenn du Moritz in die Kita bringst, ist das für ihn das Größte – davon erzählt er mir abends im Bett noch. Und Lisa fragt direkt nach dem Aufwachen oft nach dir, ob du heute von zu Hause arbeitest.«

Ein Leuchten huscht durch sein Gesicht. »Echt wahr? Macht sie das?«

Ich streichle seine Wange. »Na klar! Du weißt doch, wie sie morgens als Erstes zu dir ins Büro getapst kommt, wenn sie weiß, du bist da.«

Sascha grinst, sodass sich die kleinen Grübchen bilden, die ich so liebe. »Ja, das ist süß.«

»Siehst du. Und glaub mal nicht, dass ich immer Moritz' beste Freundin bin. Wie oft er mir am Tag sagt, dass ich nicht zu seiner Geburtstagsparty kommen darf, kann ich gar nicht mehr zählen.«

Mein Mann muss lachen. »Die in sieben Monaten?«

Ich verdrehe die Augen und streiche durch sein Haar. »Abends ist einfach eine blöde Zeit. Ab fünf drehen die beiden durch und die Welt geht unter. Echt, voll das Armageddon. Sei froh, dass du das nicht immer miterleben musst. Und wenn du kommst, ist der Sturm zwar meist vorbei, aber sie sind immer noch durch den Wind, weil sie müde vom Tag sind und alles zu viel ist. Da brauchen sie halt ihren Safe Space.«

»Ich wäre aber auch gern ihr Safe Space«, murmelt er.

Ich leg ihm einen Finger auf die Lippen und zwinge ihn, mich anzusehen. »Das bist du doch! Du bist ihr Held. Aber wenn ich den ganzen Tag bei ihnen war und sie durch den Sturm begleitet haben, bin ich in dem Moment ihr Bezugspunkt, ihr Anker.« Ich weiß gar nicht, woher ich diese klugen

Worte auf einmal nehme und bin ein bisschen stolz auf mich. »Und schau, am Wochenende ist es doch auch nie so arg wie unter der Woche? Weil du dann da bist und sie diese Trennung eben nicht haben. Da meckern sie nie abends. Oder?«

Er nickt und seufzt. »Ja, stimmt schon. Vielleicht hast du recht. Es nervt nur.«

Ich lehne meinen Kopf wieder an seine Brust. »Klar. Verstehe ich. Wir können ja eine Zeit lang versuchen, dass ich erst Lisa ins Bett bringe und du in der Zwischenzeit mit Moritz ein Buch liest oder eine Geschichte erzählst oder so. Und dann fragst du ihn, ob er von mir oder dir ins Bett gebracht werden will, und wenn er mich will, mach ich's. Ohne Gezeter. Dann merkt er, dass er gehört wird und seine Meinung auch was zählt.«

»Er will sowieso immer dich«, brummt mein Göttergatte.

»Weißt du nicht.« Ich spiele an der Kordel seines Hoodies. »Am Anfang vielleicht. Aber irgendwann nicht mehr. Kein Druck, weißt du?«

Er reibt sich die Augen. Mein müder Schatz. Sein Kopf muss Zentner schwer sein. »Aber er ist doch immer so müde abends. Wenn er dann noch auf dich warten muss ...«

»Tut er doch jetzt auch schon«, unterbreche ich ihn. »Du versuchst zwar, ihn früher zum Schlafen zu bringen, aber wie gut das funktioniert, wissen wir ja.« Ich beiße mir auf die Lippen. Das sollte nicht so vorwurfsvoll rüberkommen. Deshalb werfe ich schnell hinterher: »Wenn er sich wohlfühlt bei dir und keine Angst mehr hat, dass ich nicht zurückkomme, weil er weiß, dass wir seinen Wunsch respektieren, vielleicht findet er dann irgendwann schneller zur Ruhe und pennt einfach ein.« Ich schaue in Saschas Gesicht. »Ausprobieren?«

Er nickt stumm und nimmt dann einen Schluck Cola. »Ja, warum nicht? Viel schlimmer als jetzt kann es auch nicht werden.« Er beugt sich zu mir herunter und drückt einen spritzigen Kuss auf meine Lippen.

»Mhmm, jetzt hab ich auch Lust auf Cola«, necke ich ihn.

Er hält mir sein Glas an den Mund, aber eine zu große Ladung schwappt heraus und läuft mein Kinn hinunter. Bevor ich reagieren kann, fängt er es mit seinen weichen Lippen auf, was mir einen heißen Schauer über den Rücken jagt.

»Mhmm, jetzt hab ich Lust auf was anderes«, hauche ich.

Er stellt sein Glas ab, beugt sich über mich und schaut mir tief in die Augen. So tief, dass ich in seinem Blick versinke.

»Ich könnte die Cola auch an anderer Stelle auslaufen lassen«, knurrt er.

Ich kichere. »Dann musst du es aber aufwischen.«

Er legt seine Lippen auf meine und tastet sich mit der Zunge bis zu meiner vor. Es prickelt noch immer. Aber inzwischen nicht mehr nur in meinem Mund.

»Glaub mir«, flüstert er verrucht zwischen zwei Küssen, »da ginge nichts mehr daneben.«

Ich stöhne genüsslich und freue mich insgeheim, dass sein Kopf wohl doch nicht so zentnerschwer ist, wie ich dachte.

Wenn du mal wieder lachen willst – denn mit Humor ist vieles leichter

Das bisschen Haushalt

Ich räume die Müslischale meines Sohnes in die Spülmaschine. Die muss angeschmissen werden. Doch bevor ich den Tab raussuchen kann, klingelt es an der Tür. Oma kommt, um den Sohn zum Tierparkbesuch abzuholen. Ich helfe ihr, seine Schuhe anzuziehen.

Dabei bröselt Erde vom letzten Waldspaziergang auf den Boden. Die kehre ich gleich eben weg.

Doch dann weint das Baby. Also erst zu ihr und sie stillen. Dabei schläft sie in meinem Arm ein.

Als sie wach wird, braucht sie eine neue Windel. Danach kehre ich eben den Dreck weg.

Dabei trete ich auf ein Matchboxauto, das eigentlich mit zum Tierpark sollte. Das werfe ich eben in die Box zu den anderen. Bevor noch jemand drauftritt.

Das Baby sieht mich und meckert, weil es sich auf den Bauch gedreht hat und nicht zurückkommt. Hätte sie das auch getan, wenn ich nicht vorbeigelaufen wäre? Egal, ich drehe sie wieder auf den Rücken und bleibe kurz bei ihr sitzen, bis das Meckern aufhört.

Auf dem Tisch steht noch ein altes Glas, das ich dort abgestellt, aber nie ausgetrunken habe. Ich wollte die Spülmaschine eh anschmeißen.

Auf dem Weg in die Küche kommen Oma und Sohnemann heim. Also ziehe ich ihn erst aus und höre seinem unverständlichen, aber euphorischen Gebrabbel zu. Die Oma übersetzt, was sie alles erlebt haben. Er zieht mich zu seinen Büchern und holt »Connie im Zoo« heraus. Dann schauen wir uns eben erst das an.

Danach hat er Hunger. Ich stelle etwas zu essen in die

Mikro, bugsiere das müde Baby in die Trage und ihn auf den Stuhl in der Küche.

Er isst genüsslich und ich wische derweil eben über den Herd, dann, (als er fertig ist,) über den Tisch, seinen Stuhl, Hände und Mund.

Seinen Teller und Löffel stelle ich in die Spüle.

Dann schicke ich ihn hoch zu Papa ins Büro, damit er ihn zum Mittagsschlaf ins Bett bringt und ich die Schwester, die noch keine Ruhe gefunden hat, in den Schlaf schuckeln kann.

Nebenbei esse ich. Stelle hinterher meinen Teller zu dem meines Sohnes.

Das Baby schläft. Der Große auch.

Papa kommt und isst selbst. Danach öffnet er die Spülmaschine, seufzt und scheppert Geschirr von rechts nach links. »Die Spülmaschine ist voll.«

Nachtachterbahn

Taps, taps, taps.

Noch bevor mein Sohn da ist, höre ich seine Schritte über das Babyfon.

Knarr.

Rumps.

Taps, taps, taps.

Leises Kichern.

»Mamaaa.«

Ein warmer Körper an meinem. Kalte Füße schieben sich zwischen meine Beine. Eine sabber-feuchte Hand greift nach meiner, zieht sie vor und schlingt sie um sich.

»Mhhhh.« Ein beruhigter Seufzer, der sich wenig später in tiefes Ein- und Ausatmen verwandelt.

Meine Augen bleiben geschlossen. Warum sie auch öffnen? Schon hundert Mal so erlebt. Im Autopilot.

Autsch.

Ein Fuß im Bauch. Ich schiebe ihn weg.

Im nächsten Moment ein Arm auf dem Gesicht.

Ein Ellbogen am Kinn.

Und bei jedem Versuch, ihn ein klein wenig mehr in die Bettmitte zu schieben, enger Körperkontakt. Noch enger.

Und »Mhhhh ...«, der beruhigte Seufzer. Mama ist noch da.

Waaah.

Im letzten Moment vorm Herausfallen gerettet. Mich, nicht das Kind. Das liegt quer und hat alle Viere von sich gestreckt.

Papa hat sich schon ins Gästebett verzogen.

Vielleicht gehe ich einfach in das Bett meines Sohnes?

Aber dann kommt er bestimmt hinterher. Vielleicht nicht sofort. Aber irgendwann schon. Das lohnt sich also nicht.

Ich schließe die Augen und hoffe auf zwei, drei Stunden Schlaf.

»Mama?« Warmer Atem an meinem Gesicht. »Schläfst du noch?«

Nicht mehr, Sohn. Nicht mehr.

Ich schiele auf den Wecker. 5:20 Uhr.

Och nö.

Der Mann küsst mich später im Bad auf die Stirn. »Der ist wieder ganz schön Achterbahn gefahren, was?«

Mhm.

Eine wilde Fahrt durch die Nacht.

Mama, Einhorn!

»Mama, spielen!«

Meine Zweijährige streckt mir ein Einhorn entgegen.

Ich seufze. Das pinke Einhorn mal wieder. Mit dem Regenbogen auf dem Rücken.

Ich knie mich neben sie auf die Spielmatte.

»Mama, Einhorn!« Sie drückt mir die Figur in die Hand und nimmt sich selbst ihre blonde Puppe Ella.

»Ich Ella.« Sie schaut mich erwartungsvoll mit großen blauen Augen an.

Na gut. Mama, Einhorn.

»Hüüü«, wiehere ich und trabe auf die blonde Reiterin zu. Vor ihr bleibe ich stehen und schnaube. »Wohin reiten wir heute?«

Meine Kleine sieht sich im Zimmer um und zeigt aufs Puppenhaus. Logisch. Hätte ich auch selbst draufkommen können.

»Ella nach Hause.«

»Okay, spring auf. Los geht's! Hüüü.«

Zusammen galoppieren wir über den imaginären Regenbogen Richtung Puppenheimat.

Meine Tochter spielt dann noch etwas mit Ella und ihren Freundinnen Anna, Mia und Anja, die zu Hause gewartet haben.

Ich sitze daneben. Nach zehn Minuten bereue ich, dass ich mein Handy in der Küche liegen gelassen habe. Langsam richte ich mich auf und starte einen Wegschleichversuch.

»Mama, hier!«, ruft meine Tochter empört und zieht mich am Ärmel.

Sie drückt mir das Einhorn in die Hand. »Mama, Einhorn!«

»Aber Süße, du spielst doch so schön mit den Puppen. Das Einhorn hat doch gerade gar nichts zu tun. Mama kommt gleich zurück, ja?«

»Nein! Mama, hier. Einhorn wartet.«

Ich lasse mich wieder sinken und reibe mir die Stirn.

Nach einer Weile baue ich einen Turm aus Bausteinen.

»Schau mal, Maus! Mama hat einen Turm gebaut. Willst du ihn umwerfen?«

Sie wirft einen Seitenblick auf den liebevoll errichteten Turm und widmet sich unbeeindruckt ihren Puppen.

»Nicht? Okay.«

Ich grübele eine Weile nach, wie ich durch Telepathie mein Handy oder die Kopfhörer zu mir bringen könnte, bis mir auch dazu die Lust vergeht.

»Und wenn wir doch noch an dem Osterhasen weiterbasteln, mit dem wir vorhin angefangen haben? Guck mal, Mama hat extra schon alles vorbereitet.« Und gestern Abend Hasenohren aus Tonpapier geschnitten, Schnipsel aus Transparentpapier gerissen, Kugeln aus Wattebäuschen geformt. Denn Bastelangebot ist wichtig für die Entwicklung und so.

»Mama, Einhorn«, wird nur genuschelt.

»Das Einhorn will zum Hasen«, entgegne ich und galoppiere mit dem pinken Pferd Richtung Basteltisch.

»Nein!«, wird entrüstet gebrüllt. »Nein, nein, nein.« Ihr Gesicht färbt sich rot. »Einhorn, hier. Einhorn, Puppen. Einhorn wartet.«

»Oh, ich glaub, das Einhorn und der Hase sind Freunde geworden. Komm mal gucken.« Ich winke euphorisch.

Sie schüttelt vehement den Kopf und stellt sich auf. »Nein! Einhorn hier. Einhorn hier.«

Sie kommt zu mir gerannt und zieht an meinem Ärmel. »Mama, mit!«

Ich gehe in die Hocke und versuche, sie zu umarmen, aber sie ist fuchsteufelswild. Über ihr rotes Gesicht laufen nun feuerheiße Tränen.

Sie stampft auf. »Mama, komm jetzt!«

»Sch ... beruhige dich, Maus! Sieh mich an!« Ich greife nach ihrem Arm, aber sie zieht ihn weg und wird noch wütender.

»Nein, Mama, nicht Arm. Mama, Einhorn. Mama, komm!«

Als ich nicht auf ihre Aufforderung reagiere, wirft sie Puppe Ella nach mir.

Ich lasse mich auf den Boden fallen und bleibe einen Augenblick so liegen. Lang genug, damit sie zu mir kommt, um zu schauen, was passiert ist.

»Guck mal,« sage ich ganz leise.

Sie setzt sich neben mich. Die Neugier gewinnt.

»Das Einhorn ist jetzt traurig. Ich glaub, du hast ihm wehgetan.« Ich lege das Einhorn vor sie hin.

Sie legt sich auf den Bauch, mit der Nase ganz nah ans Einhorn.

»Hü hü hü«, wiehere ich sacht. »Mein Kopf tut weh.«

»Oh«, antwortet sie.

»Hast du mich nicht mehr lieb?«

»Doch.«

Ich schaue meine Tochter an. »Vielleicht magst du dein Einhorn mal streicheln? Da freut es sich bestimmt.«

Sie streichelt sanft über den Einhornkopf.

Ich setze mich auf.

Sie krabbelt in meinen Schoß.

Ich streiche ihr übers Haar.

»Du warst eben ganz arg böse, weil Mama was anderes machen wollte als du, oder?«

»Mhm.«

»Das verstehe ich. Du hattest Spaß mit den Puppen, stimmt's?«

»Mhm.«

»Trotzdem wollen wir keine Sachen werfen, okay? Das

kann richtig doll wehtun. Und du möchtest doch niemandem wehtun, den du lieb hast, oder?«

Sie schüttelt leicht den Kopf. Ich drücke einen Kuss drauf. »Okay. Wieder gut?«

Sie lächelt mich an. »Ja.«

»Prima! Was spielen wir jetzt?«

Sie steht auf. »Mama, Einhorn!« Und läuft zum Puppenhaus.

Ich grinse.

Here we go again.

Spaziergang

Ich sprinte zum kreischenden Baby. Mit zittrigen Händen wurschtele ich sie in den Teddyfleece-Anzug, stopfe Babyfüße in Stricksocken und Babyhändchen in Mini-Handschuhe. Der Erzfeind kommt aber noch: die Mütze.

Im Flur steigt der Große ins Schreikonzert mit ein, weil sein Tut-Tut-Flitzer auf den Boden gefallen ist und er aus dem Buggysitz nicht herankommt.

Ich renne mit dem Teddy-Baby-Paket in den Flur, werfe es in den Kinderwagen und wickele eine Decke drüber. Dabei kicke ich das Tut-Tut versehentlich unter die Fußbank, was das Schreiduo eskalieren lässt.

Ich stopfe eine Handvoll Schokobons in die Jackentasche, (die ich später heimlich essen muss, damit der Große keinen Fressneidanfall bekommt,) leine den Hund an und summe wie im Wahn »Die Karawane zieht weiter«.

Ein Blick zum schreienden Doppel-Kinderwagen erinnert mich daran, das Tut-Tut unter der Fußbank hervorzufischen.

So, jetzt aber schnell raus hier.

Auf der Straße renne ich, als müsse ich wieder beim Firmenlauf mitmachen, bei über 30 Grad, ohne Wasser, als Schlusslicht – aber ganz ehrlich? So fühle ich mich auch! Und so, wie mein zerzauster Kopf in den Autoscheiben leuchtet, sehe ich auch so aus.

Ich setze *automatische Umkleidekabine* auf meine imaginäre Liste nützlicher Erfindungen für Eltern. Direkt nach *selbstreinigende Kinderwagenreifen* und *Gummiband zum Fixieren des Schnullers an Babykopf.*

Langsam kehrt Ruhe bei allen ein – außer bei mir. Denn meine Narbe pocht darauf, dass das grad ein bisschen zu viel war und ich mich ausruhen sollte. Ich schiebe einen Schokobon in meinen Mund. Vielleicht wirkt der ja betäubend.

Die Frau und der Mähroboter

Ich komme von der Einschlafbegleitung meines Sohnes nach unten und sehe meinen Mann im Garten beim Mähroboter sitzen.

»Und, tut's?«

Er so: »Hab ihn konfiguriert, aber funktioniert nicht. Habe jetzt aber keinen Nerv dafür.«

Ein Tag später.

Mann und Gärtner hocken zusammen beim Mähroboter.

Tut immer noch nicht.

Ein Tag später.

Mann ist im Büro, Gärtner hockt beim Mähroboter.

Ich gehe raus, mit Baby auf dem Arm. »Was ist denn das Problem?«

»Das Ding fährt nicht in die Ladestation zurück. Habe alles probiert, aber er fährt immer schief.«

»Wo ist die Bedienungsanleitung?«

»Dein Mann hat schon geschaut, nichts gefunden.«

Ich wiederhole meine Frage.

Er lacht laut, gibt mir aber die Anleitung.

Ich höre an seinem Lachen, was er denkt.

Ein Tag später.

Gärtner hockt beim Mähroboter.

»Komisch, jetzt tut's. Hat dein Mann was gemacht?«

»Ich habe die Kalibrierung wiederholt. Stand in der Anleitung.«

Ich geh wieder rein. Mit Baby auf dem Arm.

Es regt mich so auf. Warum wird mir nicht mehr zugetraut?

Warum ist der Mann ein kluger Macher? Und ich kann nur backen, putzen und Kinder kriegen, oder was?

Ich habe nichts gegen unseren Gärtner. Er ist toll, tüchtig und schnell. Und er kann nichts dafür, dass Frauen in der heutigen Gesellschaft nur noch Mütter sind, sobald sie Kinder bekommen.

Ja, ich bin Mutter. Aber ich bin auch echt gut mit Technik. Und Bedienungsanleitungen sind keine Ausgeburten der Hölle.

Fragt doch mal die Frauen! Ihr werdet überrascht sein.

Schönen Tag noch!

Sie schiebt den Buggy durch die Nachbarschaft. Ihr Sohn ist müde vom Laufen, sie waren grad Fußballspielen auf der großen Wiese.

Sie kommen beim Haus mit den vielen Gartenzwergen vorbei, die ihr Sohn so lustig findet. Der ältere Herr, der hier wohnt, sitzt draußen auf der Bank unterm Fenster.

»Hallo!«, sagt sie fröhlich.

Er winkt und ruft: »Na, gar kein Kindergarten heute?«

Sie antwortet: »Nein, er ist noch zu Hause.«

Er runzelt die Stirn. »So ein großer Junge?«

Sie schiebt den Buggy weiter. »Er wird noch so schnell groß genug. Schönen Tag noch!«

Ein paar Häuser weiter pflanzt eine junge Frau Narzissen in ihren Vorgarten.

»Hallo!«, sagt sie freundlich.

Die Hobbygärtnerin schaut auf, drückt sich die Brille hoch. »Na, ihr zwei? Genießt ihr die Sonne?«

»Ja, genau! Wir waren schon ordentlich bolzen, oder, Basti?«

»Schade, dass keine anderen Kinder draußen waren. Aber die sind natürlich alle im Kindergarten oder in der Schule.«

Sie nickt. »Ja, aber wir haben auch zu zweit Spaß!«

»Bestimmt, aber Kinder spielen noch mal ganz anders miteinander.«

Sie schiebt den Buggy weiter. »Mag sein. Schönen Tag noch!«

Als Nächstes erreichen sie den kleinen Park mit dem Schaukelpferd. Bastian will noch eine Runde reiten.

Sie setzt sich auf die Parkbank neben eine Frau mit Kinderwagen.

»Hallo«, sagt sie.

Die Frau lächelt und nickt. Sie nimmt ihr Baby aus dem Wagen, das begonnen hat zu weinen.

»Oh, wie klein die süße Maus noch ist«, sagt sie. »Die Zeit vergeht so schnell.«

Die Babymama lacht. »Erst steht sie still und ehe man sich versieht …« Sie nickt Richtung Basti. »… sind die schon so groß!«

Sie nickt. »Das stimmt wohl! Bald kommt er schon in den Kindergarten. Aber ich habe es wirklich genossen, ihn drei Jahre zu Hause zu haben.«

»Ja, wenn das so geht, finanziell. Willst du gar nicht wieder arbeiten?«

Sie senkt den Blick. »Doch klar. Aber das läuft ja nicht weg.«

»Wer sich das leisten kann.«

Sie steht auf, ruft: »Komm, Basti, wir müssen weiter.« Und zur Babymama: »Schönen Tag noch!«

Kurz vor zu Hause spielt das jüngere Nachbarskind mit Kreide auf dem Gehweg. Jutta, die Mama, putzt Fenster von außen.

Basti rennt sofort zu seinem Kumpel.

»Hallo!«, ruft sie zu Jutta.

»Hey, wie schön, euch zu sehen«, wird sie begrüßt. Jutta kommt zu ihr. »Na, hast du was vom Kindergarten gehört?«

»Ja, wir haben den Platz. Ab August.«

»Na, das ist doch super! Dann hast du auch mal wieder Zeit für was anderes. Du musst doch auch mal raus! Ich bin schon froh, wenn Marcel zur Tagesmutter kann. Mit fünfzehn Monaten ist vielleicht noch was früh, aber ich will auch nicht als Glucke bezeichnet werden, was?« Jutta lacht laut.

Sie kickt Kiesel mit dem Fuß weg und murmelt: »Ist doch euer Kind.«

Juttas Lachen ebbt ab. »Was sagst du?«

Sie schüttelt den Kopf, ringt sich zu einem Lächeln durch. »Ach, nichts weiter. Bastian, kommst du?! Mama hat leckere Spaghetti gemacht!«

Und zu Jutta: »Schönen Tag noch!«

Stilldemenz

»Sachens, wo ist das Familienbuch?« Ich krame wild in den Aktenordnern herum.

»Da, wo es immer ist.«

Ich krame wilder. »Gar nicht wahr ... ah, doch, da!«

»Was hast du vor?«

»Eigentlich wollte ich meinen Impfausweis holen für den Termin nachher. Aber dann dachte ich: Wenn das Kind schläft, kann ich auch eben die Geburtsurkunde wegräumen.«

Mein Liebster runzelt die Stirn. Doch bevor er etwas sagen kann, wusele ich schon wieder aus dem Zimmer.

»Schatz!«, ruft er mir hinterher.

Ich stecke den Kopf durch die Tür. »Ja?«

Er weist auf den Schreibtisch. »Dein Impfausweis?«

»Ach ja, richtig!« Ich verschwinde wieder.

»Schatz!«

Ich kehre zurück. »Hm?«

»Warum liegen Windeln auf dem Drucker?«

»Oh. Die kommen in den Wickelrucksack. Hab ich wohl da abgelegt, als ich den Impf-Fragebogen aus dem Drucker genommen habe. Wo hab ich den gleich wieder?«

Er zeigt zum Fensterbrett.

»Ah!« Ich kichere. Schnell weg!

»Schatz, du hast schon wieder nicht gespült!«, ruft mein Liebster aus dem Badezimmer heraus, während ich schon im Bett liege und das Baby von einer Brust an die andere bugsiere.

»Kann nicht sein, ich war noch gar nicht.«

»Wohl, in der Nacht.«

»Ach ja ...«

»Oder wolltest du bloß niemanden wecken?«

Traut er mir im Ernst so viel nächtliches Denkvermögen zu?

»Genau so war's!«

Das Baby schmatzt bekräftigend. Gutes Kind!

»Schau mal, deine Mama wird verrückt!«, gackert mein Nicht-mehr-ganz-so-Liebster zu unserem Sohn.

»Wus?«, rufe ich empört.

»Du hast ihm die Zähne geputzt, oder?«

»Ja. Und?«

»Such die Zahnbürste!«

»Na, die ist so wie immer im Zahnputz-« Ich schaue mich verwirrt um.

»Such weiter.«

Ich bin mir sicher, ich hab sie in den Becher getan. Also in einen Becher. Irgendwo hinein, ganz sicher.

»Durst?«, fragt mich mein Vielleicht-doch-Liebster und reicht mir mein leeres Wasserglas, in dem eine blaue Kinderzahnbürste mit Äffchen drauf klimpert.

Heute ist Pizzabrötchen-Tag. Mein Ganz-sicher-Liebster reicht mir das Tütchen und ein Becherchen Kräuterbutter.

In meinem Arm schläft das Baby. Immerhin im linken Arm. Ich stülpe mit rechts die Tüte um und pule den Deckel vom Becherchen. Beherzt beiße ich vom ersten Pizzabrötchen ab und erkenne dann den Fehler im System.

»Mimimi?«

Mein Liebster schaut mit vollem Mund zu mir rüber.

Ich drücke das Brötchen in den Kräuterbutterbecher, woraufhin dieser umkippt. Ich probiere es erneut, woraufhin dieser am Brötchen kleben bleibt. Ich probiere es wieder, woraufhin das Brötchen ohne Kräuterbutter aus dem Becher herauskommt.

Ich ziehe einen Flunsch und schaue zwischen schlafendem Baby auf linkem Arm und Mann hin und her. »Mimimi!«

Er rollt mit den Augen, rutscht zu mir heran und hält für die nächste Viertelstunde den Kräuterbutterbecher fest.

Hach, wie schön kann Liebe sein!

Der tägliche Outfit-Check

»Jane, komm endlich!«, ruft mein Vater am Fuße der Treppe nach oben.

Die Tochter kommt angerannt und zischt: »Ja, ja.«

Sie trägt ein blaues Top, das ihr gerade mal bis unter die Brust reicht. Die Hüftknochen stoßen hart über der hautengen Jeans hervor, deren Schlag so weit ist, dass er über ihre schweren Plateauschuhe passt. Auf ihren Augen liegt ein dicker blauer Lidstrich unter blauem Mascara. In ihr Haar hat sie sich eine blaue Kunststrähne geflochten.

»So brauchst du nicht nach unten kommen. Du gehst in die Schule, nicht auf die Loveparade! Ab, zurück und umziehen!«

»Echt jetzt, Papa?«, kreischt der Teenie. »Aber ich soll mich doch beeilen.«

Der Vater lehnt sich an den Treppenpfosten. »Die Zeit haben wir noch.«

Als die Tochter irgendwann genervt nach unten schlurft, hält ihr Vater sie am Handgelenk fest, bevor sie durch die Haustür schlüpfen kann.

»Pass auf dich auf, Schatz!« Er drückt ihr einen Kuss auf die Stirn, den sie angeekelt abwischt und dabei die Augen verdreht.

»Irgendwann wirst du mich verstehen«, sagt er noch leise, aber das hört sie schon nicht mehr.

Mein Vater hat eine gewisse Zeit jeden Tag den Outfit-Check gemacht. Ich fand das immer super nervig. Aber seit ich Mutter bin, denke ich anders über die Dinge, mit denen meine Eltern mich früher »genervt« haben. Sie wollten mich nur beschützen. Vor gierigen Blicken und bösen Fingern, die vor Nichts Halt machen.

Ich blicke zu meinen Kindern. Mein Sohn zieht gerade am Arm seiner Schwester, die lautstark protestiert.

»Lass sie, sie will das nicht!«, rufe ich ihm entgegen. In der Hoffnung, dass ich beiden irgendwann mitgeben kann: Ihr Körper gehört nur ihnen und ein »Nein« hat Bedeutung.

Armageddon

»Könnt ihr ... euch bitte nicht die Köpfe einschlagen«, brülle ich über den Lärm hinweg.

Der Gorilla läuft auf der Tonie-Box - *uh la la* -, ein tanzender Roboter blinkt und dreht sich zu unerkennbarer Build-in-Musik, mein Vierjähriger flitzt mit Marshall-Maske durchs Zimmer und trällert *Paw Patrol, Paw Patrol* und die Zweijährige rennt heulend hinterher, weil sie an die Maske will.

Keiner hört mich. Wie auch?!

Ich werfe einen Blick an die Wanduhr. 17 Uhr. Armageddon-Zeit.

Im Vorbeirennen schnappe ich den Arm meines Sohnes Lucas. »Hör mal, Schatz!«

Sein Blick fegt hinter der Maske von rechts nach links, scannt den Raum nach seiner Schwester, er schnauft aufgeregt und giggelt wie ein Wahnsinniger.

»Huhu, hier! Ich spreche mit dir!«

Einen kurzen Moment habe ich seine Aufmerksamkeit.

»Geht's etwas leiser, bitte? Ich weiß, Toben macht Spaß und so. Aber ein klein wenig gediegener vielleicht?«

Doch da ist die Aufmerksamkeit schon wieder weg. Und mit ihr mein Sohn.

Na toll. Zugewandte Kommunikation für'n Arsch.

»HEY! RUHE JETZT!!«, brülle ich aus aller Kraft. Interessiert aber auch niemanden.

»Mama, Arm!« Meine Tochter Ella steht neben mir und regt sich auf, wahrscheinlich wegen der Maske, die sie nicht bekommt. Ist mir grad aber auch wurscht.

»Schätzchen, das musst du mit deinem Bruder ausmachen. Wenn der die Maske grad hat, kann ich da auch nichts dran ändern.«

»Mama, Arm!«, ruft sie energischer.

Ich seufze und nehme sie hoch. Währenddessen springt Lucas an meinem Bein auf und ab.

»Mama, Emma ist eine Katze und du bist der Baum und ich hole sie wieder runter mit meiner langen Leiter. Oh, oops, jetzt hab ich dich aus Versehen nass gespritzt mit dem Wasserschlauch. Hahahahaha! Tschuldigung, Mama. Tschuldigung. Hahahaha!«

Mein Kopf versucht noch zu verarbeiten, worüber er spricht, und sich eine angemessene Reaktion zu überlegen – gibt es die überhaupt? – da kommt schon die nächste Ansage: »Mama, ich muss mal! Ich muss mal kackaaaaa!«

»Dann geh doch.«

Good Lord, geh einfach!

Der Lautstärkepegel macht mich wahnsinnig.

Während mein Sohn seinem Geschäft nachgeht, fege ich den Gorilla von der Tonie-Box und greife nach dem Roboter, um die Batterien aus dem tösenden Teil zu entfernen, was Ella nicht zulässt, sie liebt das Ding. Bevor ich – liebevoll, of course – meinen Willen durchsetzen kann, ruft Lucas aus dem Badezimmer: »Mama, bin fertig!«

Ich schalte den Roboter aus, stelle ihn auf die Vitrine, was meine Tochter lautstark anfechtet, ignoriere sie aber und hetze zu meinem Sohn. »Du kannst das doch allein, oder?«

»Jahaaa, aber du machst das viel besser. Und mit der Maske seh ich nicht so gut.«

»Dann setz sie doch ab!«

»Ja und dann nimmt Emma sie. Nein, danke!«

Ich seufze.

Schon steht die Schwester im Badezimmer und zerrt an

mir und meinen Nerven. »Mama, Arm!«

»Ich kann dich jetzt nicht auf den Arm nehmen, ich muss deinem Bruder eben helfen.«

»MAMA, ARM!!!« Sie setzt zu einer Heulattacke an. Das kann sie gut: theatralisch heulen. Und laut. So laut.

»Ich sagte doch: Es geht jetzt nicht.«

Als Reaktion wirft sie sich auf den Boden – ist jetzt nicht hyperhygienisch hier vor dem Klo, aber egal – und schimpft die Fliesen an.

»Boah, ist die laut«, stöhnt mein Sohn. »Ich will doch hier meine Ruhe haben, echt!«

Ich lache hysterisch.

»So, fertig.« Lucas zieht sich die Hose hoch und will schon aus dem Bad sprinten, da halte ich ihn am Schlafittchen zurück.

»Stopp. Erst Hände waschen!«

Er mault herum, aber ich lass ihn nicht los, bevor er die Hände gewaschen und dabei das halbe Badezimmer unter Wasser gesetzt hat (ich setze mir mental eine Notiz, das später wegzuputzen).

Nach dem Händewaschen wirft er das Handtuch achtlos auf den Boden und rennt davon, meine plärrende Tochter hinterher.

»HEY!«, blöke ich.

Als Antwort höre ich, wie das Känguru auf der Tonie-Box ›Hört gut zu, hört gut zu, jetzt kommt das singende Känguru‹ schmettert.

Ja, sind wir denn hier im Irrenhaus?

Diese miesen kleinen … Ich steck die gleich in ihre Zimmer und werf die Schlüssel weg. Sollen sie da mal brüllen wie die Blöden.

Ich balle die Hände zu Fäusten und presse die Zähne aufeinander. Es erfordert all meine Kraft, nicht selber hinterherzustampfen und völlig unkontrolliert böse Dinge durch den Raum zu schreien oder ihnen ihre frechen Münder mit dem Gorilla oder Känguru zu stopfen.

Bevor mich meine Selbstbeherrschung komplett verlässt, schlage ich die Zimmertür zu. Auch nicht gerade pädagogisch wertvoll, I know, aber ich bin auch nur ein Mensch.

»Mama!«, brüllt es subito. »Mamaaaaa! Wo bist duuuuu?«

Schon stehen sie wieder neben mir, die kleinen Biester.

Ich schließe die Augen und atme durch. »Mama braucht eben einen Moment, ja?«

»Hä, waruuuuum?«

Weil ihr mich wahnsinnig macht, darum! Weil ihr kleine Lausebengel seid, die keinen Stich hören. Weil mir das hier alles zu viel ist. Zu laut. Zu chaotisch. Weil mich dieses Armageddon überfordert. Massiv. Weil ich selbst müde bin. Und erschöpft. Vom ganzen Tag funktionieren und zugewandt sein und das doch nicht schaffen und sowieso das alles hier nicht schaffen. Von den tausend Sachen in meinem Kopf, die mich fast noch lauter anschreien als ihr.

Ich schaue auf meine Armbanduhr. 17:30.

Ach, scheiß drauf.

»Schatz?« Ich greife nach der Hand meines Sohnes, damit er mich ansieht, denn seine Aufmerksamkeit liegt schon wieder bei der Schwester, die es doch irgendwie geschafft hat, sich in einem Moment der brüderlichen Unachtsamkeit die blöde Marshall-Maske zu schnappen. Das Ding muss ich später dringend entsorgen.

Er sieht mich an.

»Weißt du, warum machst du euch nicht eben Paw Patrol an, hm? Darfst Papas Tablet nehmen, ja?«

Augenblicklich leuchten seine Augen und er rennt freudestrahlend zurück ins Zimmer.

»Emma, Emma, wir dürfen fernsehen, wir dürfen fernsehen. Komm schnell!«

Zehn Sekunden später ist Ruhe. Also abgesehen von Paw Patrol und dem Känguru.

Ich lehne den Kopf an die Wand und halte inne. Nur eine Sekunde.

Dann stehe ich auf, schnappe im Vorbeigehen wahllos herumliegendes Spielzeug – kein Gang mit leeren Händen –, werfe es im Zimmer in die zugehörigen Körbe, stelle das Känguru neben die Tonie-Box und gehe in die Küche.

Kurz überlege ich, mir ein Likörchen zu gönnen. Nee, lieber später ein Glas Wein, wenn Feierabend ist.

Ich entscheide mich stattdessen für den fünften Kaffee und mache mich gedankenversunken ans Abendessen.

Kurze Zeit später kommt mein Mann heim und drückt mir einen Kuss auf die Wange. »Was summst du denn? Känguru?«

Ich lache kurz. Hab ich gar nicht bemerkt.

»Hast du schon unsere Mäuse gesehen? Geh mal gucken.«

Ich vermeide es, in der Post-Armageddon-Zeit ins Zimmer zu schauen, weil ich weiß, wie es dort aussieht und wer das später noch wegräumen muss.

Trotzdem bin ich jetzt neugierig und spähe hinein. Die Kinder sitzen auf Papas Lieblingssessel. Der Große hat die Arme um seine Schwester geschlungen, ihr Kopf ruht auf seiner Brust, ihr Bein über seins gelegt.

Aww, mein Herz schnurrt. Diese Liebe zwischen den beiden, dieser Zusammenhalt. Wir gegen den Rest der Welt.

Mein Mann legt seinen Arm um meine Hüfte und flüstert mir ins Ohr: »Das sind unsere. Haben wir doch ganz gut hinbekommen, hm?«

Ich lache. Ja, sie können wirklich goldig sein.

Die süßen kleinen Biester.

Ein Bett im Moosfeld

»Wer hat Lust auf Spielplatz?«

»Ich, ich, ich!«, ruft mein Sohn.

»Lena auch!«, quakt seine Schwester.

»Na dann, Matschhosen an und auf geht's!« Ich klatsche in die Hände und marschiere in den Flur.

Nur leider marschiert niemand hinterher.

Ich luge durch die Wohnzimmertür. »Was ist los? Ich dachte, wir gehen zum Spielplatz?«

»Nicht anziehen.«

»Ich will so gehen.«

»Nein, nein, nein.«

Ich verdrehe die Augen. »Draußen ist es nass und kalt. Wer mitwill, zieht sich die Matschhose an.«

Grummelnd trotten sie in den Flur.

Ich wähne mich schon als Siegerin, ich Anfängerin. Mir sollte inzwischen bewusst sein, dass sie sich niemals kampflos geschlagen geben.

Nur etwa zehn Minuten voller Diskussionen, »dann bleiben wir halt hier«, »du bist so gemein« und hundert Nerven später ziehe ich endlich die Tür hinter mir ins Schloss.

Auf dem Spielplatz werden erst mal die Schaukeln angesteuert. Beide Kinder wollen natürlich exakt zu derselben Zeit auf exakt derselben Höhe sein. Nun Mama, sieh mal zu, wie du das hinbekommst. Die Schaukeln hängen zwar nebeneinander, aber trotzdem weit genug auseinander, dass ich zwischen ihnen hin- und hersprinten muss, um sie anzuschubsen. Irgendwann habe ich aber einen meditativen Rhythmus entwickelt. Schubs, zwo, drei, schubs, zwo drei ...

Mein Sohn wünscht sich ein Wettschaukeln mit mir, während meine Tochter von dannen zieht. Ich setze mich auf die Schaukel und sehe aus dem Augenwinkel, dass sie auf die Rutsche zurennt. Mir schwant schon Übles, aber man soll ja nicht immer vom Schlimmsten ausgehen.

»Mama, ich bin höher!«

Ich lenke meine Aufmerksamkeit auf den Sohnemann und schaukele kräftiger, damit er sich auch gechallengt fühlt, lasse aber meine Tochter nicht aus den Augen.

Na, wusste ich's doch: Oben angekommen setzt sie zu einem Köpper an. Ich hechte also – natürlich vom höchsten Schaukelpunkt – nach unten, lande wenig elegant auf den Knien, aber humpele Quasimodo-gleich noch eben rechtzeitig zur Rutsche, um sie schnell unten aufzufangen und eine Kopf-in-Sand-Landung gerade so zu verhindern.

»Mama, jetzt wippen!«

Zwei Sekunden Herzkasper-Regulieren gönne ich mir, bevor ich der höflichen Aufforderung meines Sohnes Folge leiste.

»Komm, Leni, wippen!«, motiviere ich meine Tochter, doch sie hat anderes vor. Zum Glück aber nicht wieder hoch auf die Rutsche. Sie marschiert Richtung Klettergerüst. Auch nicht unbedingt ungefährlicher, aber gut.

»Mama!«, unterbricht mein Sohn meine Gedanken.

»Ich komm ja. Willst du nicht mit Lena gleich zusammen wippen, Schatz?«

»Nein, jetzt!«

»Aber allein wippen ist doch blöd.«

»Du wippst mit.«

Aha. Ich habe also die Wahl zwischen Oberschenkel- oder Bizepstraining.

Heute Bizeps. Ich baue mich vor dem leeren Wippsitz auf und stemme ihn nach unten.

»Gut festhalten, ja?«, rufe ich.

»Schneller!«, bekomme ich als Antwort.

Rmpf. Hoch. Runter. Hoch. Runter. Und schön den Rücken gerade lassen. Aus den Armen heraus.

»Noch einmal, dann gehen wir zu Lena.«

»Nein!«

»Wohl!«

Hoch. Runter. Hoch.

»So, genug. Kommst du mit?«

»Nein!«

»Dann nicht.« Ich dreh mich um und gehe zum Klettergerüst, um dort festzustellen, dass meine Tochter im Gras daneben hockt. Was mich erfreut, denn vielleicht kann ich dann auch fünf Minuten sitzen.

Mein Sohn watschelt beleidigt hinterher – allein wippen ist halt blöd – und so sitzen wir bald alle drei nebeneinander.

»Guckt mal, ich hab eine Mütze gefunden!« Auf meinem Finger thront ein Eichelkäppchen.

»Hä?«, sagt mein Sohn erstaunt.

»Das ist von einer Eichel. Sucht mal eine Eichel.«

Schon gehen sie auf die Suche.

»Hier, hab eine.« Mein Sohn ist der Erste.

»Lena auch!«, kommt es blitzschnell hinterher.

»Aber meine kriegt die Mütze!«

»Nein, meine!«

»Meine!«

»Schhhhh, nicht streiten. Suchen wir halt noch eine Mütze. Hier liegt bestimmt noch eine irgendwo.« Ich wühle im Dreck.

»Nein, weil meine Eichel ist der Papa und nur der hat eine Mütze. Lenas ist die Mama und Mamas tragen keine Mützen.«

Bevor ich ansetzen kann, ihm zu erklären, dass das so gar nicht genderfreundlich ist, grätscht meine Tochter dazwischen: »Nein, Lenas Eichel ist Baby.«

Ich ziehe meine Tochter auf den Schoß und lege eine dritte Eichel in die Mitte. »Oh, deine ist das Baby? Na, dann ist meine die Mama, okay?«

Mein Sohn lächelt. »Ja, deine ist die Mama. Und meine der Papa. Mit Mütze.«

»Und Lenas Baby.«

»Genau!« Wir lachen.

»Habt ihr schon gefühlt, wie weich das Moos hier ist? Das ist ganz kuschelig.«

Mein Sohn lässt die Hand übers Moos fahren. »Ooooh, wie ein weiches Bett! Da möchte ich am liebsten drauf schlafen.«

Bevor er seinen Kopf in den Dreck legt, schlage ich vor: »Wie wäre es denn, wenn wir ein Bett für die Eichelfamilie bauen? Schau mal, Lena hat schon eine prima Decke.« Ich weise auf die Hand meiner Tochter, die ein Stück Moos aus dem Boden gezogen hat.

Wir legen die Eicheln aufs Moos und decken sie ordnungsgemäß zu.

»Jetzt noch ein Häuschen drumherum!«, ruft mein Sohn und sprintet los, um geeignetes Baumaterial zu sammeln.

Er kommt mit einer Handvoll Mulch oder Baumrinde zurück, die er stapelt und um das Bett herum drapiert.

»Lena, nicht kaputtmachen!«, sagt er streng.

»Nein, nein. Lena sitzt hier bei mir, da kann nichts passieren«, beruhige ich ihn.

Ich flüstere: »Ich glaube aber, wir lassen die drei jetzt mal in Ruhe schlafen und ziehen uns zurück. Sonst werden die ja wieder wach.«

Das leuchtet meinen Wirbelwinden ein.

Wir verabschieden uns von der Eichelfamilie und irgendwie gelingt es mir, ihnen plausibel zu machen, dass wir ganz bis zu uns nach Hause zurückgehen müssen, um sie wirklich absolut gar nicht mehr in ihrer Mittagsruhe zu stören.

Ich Schlitzohr!

Eine kleine Bitte noch ...

Rezensionen sind für Autoren und Autorinnen sehr wichtig. Sie helfen, unser Buch bekannter zu machen und geben uns ein wichtiges Feedback zu unserer Arbeit. Über eine kleine oder große Rezension auf der Plattform deiner Wahl würde ich mich daher sehr freuen und bedanke mich herzlich.

Deine Christiane

Danksagung

... an meine Kinder, die mich zu meinem Herzensthema geführt haben. Ich danke ihnen aber auch, weil ich mit ihnen so sehr gewachsen bin – als Mama, als Frau, als Mensch. Durch sie bin ich erst richtig ich geworden.

... an meinen Mann, der ein Gegenpol ist. Nicht nur für mich, wenn ich mal wieder kurz davor bin, den Kopf zu verlieren. Sondern auch für das Väterbild. Ich bin froh und dankbar, dass du bist, wie du bist.

... an meine Schreibschwestern, die mich durch jede So-ein-Mist-ich-schmeiß-das-alles-hin-Phase gezogen und mich immer wieder bekräftigt haben, weiterzumachen. An Sandra, ohne die ich schon vor zwei Jahren aufgehört hätte. Wer veröffentlichen will, braucht Verbündete wie euch.

an Laura. Meinen unangefochten größten Fan. Du trägst nicht ohne Grund den Titel Laura No. 1 in meinem Handy.

... an mich selbst. Dass ich so Badass bin und es durchziehe. Nicht nur diese Achterbahn des Schreibens. Sondern auch die des Mama-Seins. Ich habe lange damit gehadert, über dieses sensible Thema zu schreiben, mich damit auch angreifbar und verwundbar zu machen. Aber ich bin mutig. Denn nur wer mutig ist, kann etwas bewegen. In dir. Und vielleicht in uns allen.

... an dich. Danke, dass du dir dieses kleine Büchlein gegriffen hast. Ich hoffe, du konntest etwas mitnehmen. Ein paar Impulse für deine ganz eigene Mama-Welt. Und wenn es so ist, freue ich mich über liebe Worte!

Deine Christiane

Über die Autorin

Ich lebe mit meinem holländischen Mann, zwei kleinen Kindern und einer Hündin am Niederrhein.

Als ich vor fünf Jahren meinen Sohn bekam und selbst Anlaufschwierigkeiten in dieser neuen Mutti-Welt hatte, wunderte ich mich, wie wenig Rückhalt ich von außen erhielt und wie stark das Bashing unter den Müttern selbst ist: Eine Mutter muss immer glücklich sein, voller Liebe für ihre Kinder, adrett und entspannt. Der Druck, dieses perfekte Mutterbild zu erfüllen, kann so stark werden, dass eine junge Mutter daran zerbricht. Und eine Mutter mit Problemen steht im Grunde allein da, weil sie von der Gesellschaft nicht gehört wird.

Das schockiert mich so sehr, dass ich es nicht so stehen lassen kann und in meinem Schreiben thematisieren muss. Damit sich andere Mütter weniger allein fühlen. Mein Innerstes muss sich stark machen. Für jede Mama und jedes Kind, das eine glückliche Mama verdient hat.

Mehr über meinen Mama-Alltag: christianespooren.de
Lustige Reels gibt's auf Instagram / TikTok: @spooren.schreibt
Tipps & Tricks auf Pinterest: @spoorenschreibt

Printed in Poland
by Amazon Fulfillment
Poland Sp. z o.o., Wrocław

45091319R00099